文史哲學集成

司馬遷的創作意識與寫作技巧

范文芳著

文史哲出版社印行

司馬遷的創作意識與寫作技巧 / 范文芳著. --
初版 -- 臺北市：文史哲, 民 103.01 印刷
臺北市：文史哲,
14,231 頁; 21 公分（文史哲學集成；160）
ISBN 978-957-547-366-2（平裝）

文史哲學集成 160

司馬遷的創作意識與寫作技巧

著者：范文芳
出版者：文史哲出版社
http:// www.lapen.com.tw
e-mail：lapen@ms74.hinet.net
登記證字號：行政院新聞局版臺業字五三三七號
發行人：彭正雄
發行所：文史哲出版社
印刷者：文史哲出版社
臺北市羅斯福路一段七十二巷四號
郵政劃撥帳號：一六一八〇一七五
電話 886-2-23511028 · 傳真 886-2-23965656

實價新臺幣三六〇元

一九八七年（民七十六年）八月初版
二〇一四年（民一〇三年）元月 BOD 初版再刷

978-957-547-366-2 00160

司馬遷的創作意識與寫作技巧　目次

前言

〈史記〉，在史學上及文學上的成就，早有定論，（註一）歷來推崇司馬遷筆法的文章家，更是難以計數，（註二）不論是在史學界或在文學界，司馬遷都可以稱得上偉大。做為一個欣賞者，用直覺而感性的語調稱贊一位藝術家「偉大」、誇獎其作品是「傑作」，是可以被允許的自由；至於一個從事教學或研究工作者，他必須解說那位藝術家偉大在哪裏？這種偉大是如何形成的？他的作品價值何在？

本篇研究，將重點放在文學領域內，立論的基礎，是將司馬遷當作一位偉大的作家。第一章，介紹他身處的時代。第二章，探討他的個性，這部分旨在說明偉大的作家是如何產生的。第三章，分析他爲什麼要創作〈史記〉？他用什麼方式來完成這部作品？第四章，從他的作品〈史記〉中，學例詳解他在藝術上的成就，這部分旨在證明這位作家的確是偉大的。

個人深信：偉大的作品，必定是建立在高明的技巧和強烈的創作意識（註三）上面。技巧關乎才華，強烈的創作意識則和個性有關，個性和才華乃得自於秉賦、教養和遭遇。個人生存在大的時空環境裏，他的遭遇和教養，勢必受到那個時空環境的影響。如果把這樣的關連作成下列的簡表，應該是比較易於瞭解的：

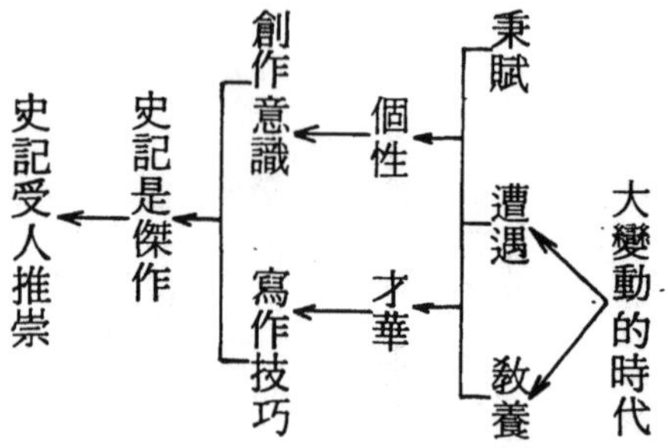

一個人的內在意識活動，是極其微妙而不易把捉的，對於一個生存在兩千年前的人，我們想去分析、探索他的性情和意識，不是很大的冒險嗎？這就必須牽涉到史學上的詮釋問題。詮釋的理念，可能源自於解經，然後被史學方法借用，晚近在文學評論上也予以引用。（註四）個人同意純就作品本身來做分析、批評，比較可以維持客觀的尺度；至於對作品背後的作者，想進一步瞭解其思想、感情、動機，則是一種冒險。然而，透過對詮釋之可行性及其價值的認識，我認爲這種冒險仍是值得去做的。

當然，爲了減少錯誤，在詮釋方法上，自有必須謹愼從事的地方。

詮釋有其可行性，是基於㈠知識之共通，（註五）㈡人性之共通。（註六）有了上述兩者的共通，加上人間難得而並非不可能的知音、靈犀相通現象，只要心性相近，加以誠心求之，那麼應該可以達到「雖不中，亦不遠矣」的境界。司馬遷和我之間，有些什麼可以相通的呢？首先，他是人，我也是人，我們有共通的人性。其次，他生長在中國文化氛圍之中，我也是。再次，他對史學有自覺、對文學有偏好，我也是衷心嚮往這兩門學問。再說，他當年使用的文字，和我今天使用的文字幾乎甚少改變，至於他那充滿悲劇意味的個性，（註七）我自信很能諒解而且頗爲欣賞。基於上述理由，個人深信一位欣賞者，透過他和作者的心靈契合，加上知識學養的幫助，就作品來作分析探討，進而詮釋那部作品及其背後之創作者，是可行的。

若問詮釋的價值何在？個人認爲每一位詮釋者，都在提供一得之見，通過不同的詮釋，可以達到集思廣益的效果。其間，雖不免會有一些錯誤，其實，人類認知的過程，怎能避免嘗試錯誤這一關卡呢？說的更確切一點，人類的知識、經驗之累積與開發，豈不是由此而得的嗎？因此，雖然我們明知文字的功能有其極限，（註八）詮釋行爲隱含冒險，但是，對於前人留下的作品（包含經典、史料、文學），我們仍須嘗試著去詮釋，因爲知識和經驗都是這樣獲取的。（註九）

如果把詮釋行爲比喻作讀者（含鑑賞、批評、研究者）和作者之間的交談，（註一〇）那麼，此種交談有必要講究一些方法。阮芝生在寫〈司馬遷的心〉時，提出以下兩點：

一、言爲心聲，行爲心跡，言行並考，聽其言而觀其行，庶幾乎不失其眞。

二、從人物的遭逢變故，顚沛流離處去看他的苦思深慮和進退取捨，才能不失其心。（註一一）

和古人交談，當然不免有一種隔閡，我們所能做的，是盡可能地搜集資料，對當時的社會環境、思潮傾向進行瞭解，然後把我們交談的對象，擺到當時的具體歷史條件下，憑著人性的共通以及個人之間的心靈契合，去瞭解他。當我們要對他進行評價的時候，要拿他和他的前輩或同時代的人做比較，看他在思想發展的長流中，是提供了新的積極的思想，還是宣傳和發展了消極陳腐的思想。千萬不可以離開了當時的環境，拿後來或者今天所能有的思想去苛求古人。（註一二）

章學誠在〈文史通義〉〈文理〉中指出文章評點（如歸有光〈評點史記〉）有三病：一、描摩淺陋。二、嚼飯餵人。三、未免拘執。王夫之亦曾指出一般談詩文的，有一種死法，總因識量狹小。周振甫提出防止上述弊病之方法，可以做爲吾人詮釋他人作品時，應謹守的規範。他的說法大致是這樣的：

一、要看得全面些，不可舉一二孤例爲證。

二、要看到文章（作品）和生活（尤其是作者的生活）的關係。

三、要能融會古今，貫通中外，善加比較，不要受到古今地域的限制。（註一三）

我國的文學批評歷史，可以上推到曹丕、陸機、劉勰，不僅是起源很早，而且成績已相當可觀。或許由於道家不信賴語言，禪宗亦不相信語言，他們認爲透過語言去說道理，只能說到其粗略處。因

此，對於作家或作品的討論批評，總有見小不見大的遺憾。文學批評的傳統，不能得到充分發展，恐怕是肇因於此吧？（註一四）

比起古人，我們今天去詮釋、批評前人的作品，所能使用的專業術語更豐富了，觀察的角度也更寬更廣了，可以借用的相關學識（如史學、心理學、社會學、神學）更多，可以利用的資料工具更方便了。基於上述的有利條件，我們可以更客易地「透過實在的例子，具體的詞彙，漸進的敍述，專業的語法，把個人的感受，緩慢而秩序地轉變成能和大多數人交流的知識。」（註一五）

本研究題目是「司馬遷的創作意識與寫作技巧」，個人認爲司馬遷撰寫〈史記〉，是一種創作的行爲，他是有意識地把〈史記〉當作一家之言來經營的，因此，他刻意地採用了豐富的技法，完成了一部古今中外都推崇的巨著。

爲了證成上述的立論，本研究第一章旨在分析司馬遷存活的時代背景，重點放在：時代的轉變對司馬遷的衝擊，這一種背景，爲第二章〈天才的成長〉提供了溫床和激素。第二章的重點是探索司馬遷的基本生命精神，個人特別強調他的悲劇個性。由於這種個性，導致他在現實世界中的挫折，也激勵他走上創作〈史記〉這一條艱辛的大道。第三章，試圖探討司馬遷的創作意識。歷來的評論者，每當提到司馬遷撰述〈史記〉的動機時，多半只強調秉承其父的遺志和發憤著書兩端，本研究則特別揭示更主動、積極的一面，如批判時代、啓發世人、完成自我等。這一章的第七節，專門介紹司馬遷「向文學借火」，用以說明他是有意識地用文學的技法，來創作他的〈太史公書〉。

第四章，以舉例說明司馬遷的寫作技巧爲主，這是最有力的證據，證明他的悲劇個性，證明他是一位天才，證明第三章提出的創作意識，證明〈史記〉是一部傑作。在介紹他的寫作技巧時，個人只分成取材、主題、佈局、人物、語言五部分來敍述，並且，將〈史記〉與〈漢書〉的語言做了一些比較，也是想藉此來證明司馬遷是有意識地把〈史記〉當作文學來經營的。最後，我要引一段話來作這篇「前言」的結束：（註一六）

如果站在文學的角度來研討史記的人們，能把文學的範圍擴大一些，擴大到小說、戲劇等部門，發現了太史公在寫這一部傳記文學時，畢生耗去的心血和時間，是在到處搜集現實的資料，整理和組織傳記的故事，是在找尋適切的字彙，描寫故事情節的動態，是在觀察人物的外形與內心，刻劃人物的性格，因而使小說和戲劇的創作，循著太史公發現的指路標，走上一條正確的道路，我相信中國小說和戲劇的成就，亦即文學上的成就，必然是無止境，無限量的！

【附註】

註一　楊雄〈法言〉〈君子篇〉：「太史公，聖人將有取焉；淮南，鮮取焉爾。」又云：「文麗用寡，長卿也；多愛不忍，子長也。仲尼多愛，愛義也；子長多愛，愛奇也。」

班固〈漢書〉〈司馬遷傳贊〉：「自劉向、楊雄，博極羣書，皆稱遷有良史之材，服其善序事理，辨而不華，質而不俚，其文直，其事核，不虛美，不隱惡，故謂之實錄。」

註二　可參考李長之（司馬遷之人格與風格）三三九頁，日人武田泰淳（司馬遷—史記的世界）一〇八頁，梁容若（司馬遷傳與史記研究）（見師大學報第一期），張舜徽（論史記）（見（司馬遷—其人及其書）一二六頁）。

註三　羅丹說：「你要深信，偉大的藝術家總是完全意識到他們做的是什麽。」（（藝術論）一二八頁）

艾略特說：「作者在寫作中，爲了選詞、用字、結構、組織而不斷刪改，不斷嘗試。這種絞盡腦汁，煞費工夫的苦事，不僅是創造的，更是批評的，世上有一種傾向，蔑視藝術家這種批評的苦心勞動，提出論調，認爲偉大的藝術家是無意識地寫作的藝術家。」（見（文學理論資料滙編）下册一一七七頁）

註四　參考柯林烏（歷史的理念）十一頁，余英時（歷史與思想）二二七頁，李正治譯（詮釋學的三十個論題）（見（國文天地）第四期）。

註五　不同的民族、不同的時代，會有不同的文化內容，但是，不論是自然科學或社會科學，只要是經過學者專家研究整理出來的一些定義、定理、原則，絕大部分有其共通性。

註六　中國式的講法可以孔子的「性相近」、孟子的「人皆有四端」爲代表。西方心理學家如容格的說法：「有所謂原始類型，在人類腦細胞裏代代相傳，藝術如能捕捉、呈現這些原始類型，則人心受其影響，會如禾麥之因風而仆。藝術家要表現的是人類的靈魂，民族的靈魂，而非個人區區小我的靈魂，於是，文學取汲於人類之全體，表現於人類之全體，則文學之內在與外在，或可貫通而融爲一體。」（見（西洋文學批評史）代譯序）另一心理學家羅洛梅在其（創造的勇氣）中亦有類似論點。（見該書十九頁）

註七　見本研究第二章第四節。

註八　莊子認爲語言文字常被用作飾辯的工具，反而成爲是非爭論的源由。禪宗的傳經，有不立文字的主張，都是有鑑於文字之功能上的極限，而產生的對應。

註　九　柯林烏說：「歷史，爲的是人類的自我認知，人應該認知自己，一般皆認爲是一件對於人類非常重要的事。……歷史的價值，在於告訴我們，人類曾做過什麽，並由此而告訴我們，人是什麽。」（見〈歷史的理念〉十三頁）

註一〇　參考葉維廉演講〈傳釋行爲〉。

註一一　見〈文史哲學報〉第二十三期。

註一二　參考〈司馬遷與史記新探〉三三二頁。

註一三　參考〈文章例話〉前言。

註一四　參考朱自清〈詩文評的發展〉（見朱自清〈古典文學論文集〉五四七頁）

註一五　引自李渝譯〈中國繪畫史〉序。

註一六　引自王平陵〈太史公的寫作藝術〉，刊於〈大學生活〉第二卷第七期。

第一章　大變動的時代對司馬遷的衝擊

我們若想探索一個人一生的作爲，除了他得自於先天遺傳的秉賦之外，舉凡他的教養、遭遇、性情、抱負，都和他所處的時、空背景，有極密切的關係。司馬遷生活在兩千一百年前（時）的中國（空），在那個時代（漢初）的中國，其思想潮流、政治形態、經濟民生和文壇狀況是怎樣一個面目？司馬遷處在那種時空環境中，他採取了何種人生態度？這是本章想討論的主題。

在討論這個主題的時候，我又把重點放在轉變的情形，以及這種情形對司馬遷的影響兩方面。當然，歷史不是靜態的，它無時無刻都在變動，但是，在這些不斷的變動中，總有某些時刻，其轉變的現象較明顯、較急劇，而且可以在文獻上找到具體的證據。（註一）基本上，我認爲時代大環境對個人有很大的影響，一個人的壽命有限，在他存活著的歲月裏，如果一直處在政治動亂、民生凋蔽、思想萎縮、藝術貧乏的狀況中，或有幸躬逢政治清明、民生富庶、思想蓬勃、藝術燦爛的盛世，他所受到的影響，當然會有極大的差異。假若他正巧存活在一個由平靜變動亂、富庶變凋蔽、蓬勃變萎縮、燦爛變貧乏的歷史轉捩點上，（註二）他所受到的衝擊，勢必更爲強烈。

章學誠說：「不知古人之世，不可妄論古人文辭也，知其世矣，不知古人之身處，亦不可以遽論其文也。」（註三）研究討論一部作品，不能不考慮到作者所處的時代背景，西方的批評者亦有類似的觀點，如俄人李杭諾謂：「在不同的歷史時代，藝術創作的過程，引導各種極爲不同的心理力量行動起來，結果，每一個時代所有的藝術，總是有它自己的特性。」（註四）歌德說得更詳盡：「一個古典性的民族作家是怎樣產生的？他在他的民族歷史中，碰上了偉大的事件，……由於內在的天才，自覺對過去和現在都能同情共鳴。他正逢他的民族處在高度文化中，自己在教養中不會有什麼困難，他搜集了豐富的材料，前人完成的和未完的嘗試，都擺在他眼前。這許多外在的和內在的機緣，都滙合在一起，使他無須付出很高昂的學費，就可以趁他生平最好的時光，來思考和安排一部偉大的作品，而且一心一意地把它完成。只有具備這些條件，一個古典性的作家，特別是散文作家，才可能形成。」（註五）

近代批評理論，有謂文藝批評，應純就作品所展現之內容與形式，做客觀的剖析，不要追問作者的心態，也就不必考慮作者的歷史背景。其實，作品本身是一生命體，它能否和作者分割，已是值得討論的議題，文藝作品的分析與欣賞，能否達到客觀，更是令人存疑。何況過去與現在並非絕對可以隔斷的對象，自持上述新批評理論的人，在評析作品時，其實已經用上了他潛存的歷史認識，只是在評論時未曾明言而已。（註六）

在闡述漢初的思想、政治、經濟、文壇狀況時，除了歸納整理個人所能取得的文獻資料以外，我承認也加上了主觀的批判。個人深信：一堆史料如果不經詮釋與批判，則仍僅是史料而已，對於人類文明的覺醒與演化，不會有多大的貢獻。（註七）

司馬遷出生於漢景帝中元五年，卒於漢武帝在位期間。（註八）這是傳統上受人誇讚的盛世，文景二帝的相繼無爲作風，予國力長久的養息機會，武帝則借封禪、改曆、征伐匈奴（註九）來表現漢庭的威勢，表面上不容易看出這一段歷史的洶湧變化。但是，如果我們從思想、經濟、政治、文學各方面作較深入的思考，便可以發現漢初的確是中國歷史上一段極爲特殊的時期，對其後兩千年的中國，在政治、敎育、學術、經濟各方面都有很大的影響。

歷史的演化，由於衆多因素的蘊積，經過一段年數，常會形成一個大變動的時代，在這大變動的時代裏，又往往會產生一批光芒四射的出色人物。（註一〇）司馬遷和漢武帝，正是這個大變動時代裏最具代表性的出色人物。（註一一）

【附　註】

註　一　如當時的官制結構、經濟制度、科條律令、學術政策、文學作品等等。

註　二　說是「點」，當然並非指某一年某一月某一日而言，在歷史的大洪流中，數年之間，亦可稱作「點」。如張蔭麟（中國上古史綱）云：「竇太后之死，給漢朝歷史畫一新階段，……。」（該書二一五頁）又云：「景武之際，是漢代統治權集中到極的時期，也是國家的富力發展到極的時期。」（二一〇頁）這一段關鍵性的時期，正是司馬遷存活著的年代。

註三　見章學誠〈文史通義〉〈文德〉（內篇三）。

註四　引自華諾文學編譯組編印〈文學理論資料滙編〉下冊一一三八頁〈李杭諾論文藝批評應當分析作品的歷史特徵〉。

註五　引自同上〈文學理論資料滙編〉上冊二三二頁。

註六　參考葉維廉演講〈傳釋行爲〉（七五、三、十二，清大）及〈跨文化文學共同規律之探究〉（七五、三、廿六，清大）。

有關詮釋文學作品的理念，亦參考李正治譯〈詮釋學的三十個論題〉（Richard E. Palmer 著，見〈國文天地〉第四期八二頁。）

註七　史學家柯林烏說過「歷史家必須以獨立判斷來代替重述古書裏面的記載。」（見陳明福譯〈歷史的理念〉第一頁）、「歷史家的研究過程徹頭徹尾就是取捨、建構和批判。」（三一三頁）、「我們研究歷史是爲了獲致自我認知。」（四一三頁）

註八　有關司馬遷的生卒年，歷來考證者甚衆，可歸納爲二種說法：一爲出生於景帝中元五年，即紀元前一四五年；一爲出生於武帝建元六年，即紀元前一三五年。至於卒年，則不可考。本書重點不在其生卒年之考證，故不加詳述。個人比較贊同王國維的〈太史公行年考〉，主張他是出生於景帝中元五年。再說，從他撰寫的史記體制、思想來看，我寧可相信那是他在年紀比較大時所完成的，這也加強了我肯定第一種說法。

註九　改曆可以表示新的王朝開始，封禪可以向天下宣示承天受命，征伐匈奴可以向外誇示朝廷的威力。有關封禪，可參考史記〈封禪書〉及〈武帝本紀〉，有關改曆，可參見〈太史公自序〉及〈曆書〉，有關征伐匈奴，可參考〈

匈奴列傳〉、〈衛特軍驃騎列傳〉。

註一〇　中國傳統上有一種「五百年有王者興」的說法，如〈孟子盡心〉下，其實這種講法，很難證明。若從人類以往的歷史，來統計出多少年數會出現「王者」，到底那種人物才算王者、英雄呢？本書的重點，是指人類社會，累積許多年代，自然促成人類生活方式的改變，並進而形成社會結構的變遷，在這種大變動的時代，自然會出現一些智慧才幹出衆的人，爲人類的文明作整理、創新的工作。

註一一　李長之〈司馬遷之人格與風格〉第五章，有一節專論兩個英雄（司馬遷、漢武帝）的晚年。在政治上，漢武帝無疑地代表著無上的威勢，可是，在學術道德上呢？司馬遷既不滿於當代的儒者趨炎附勢，遂直承孔子的〈春秋〉，想透過〈史記〉，來維護學術界的獨立和尊嚴，那麼，司馬遷這種壯志，儼然是以承繼道德爲自任的代表人物。

第一節　學術思想的轉變

一、儒學的變質

本來，任何學術思想都會隨著時代的轉變，自然地產生或多或少的損益。（註一）從秦始皇的「坑儒」，到漢高祖鄙視儒生，（註二）儒家者流眞是流年不利，直到漢武帝罷黜百家，儒術總算抬頭了，可是此時的儒學，早已不復先秦儒學之面目。

此處所說「儒學的變質」，其實並不意謂任何價值評判，而是一種思想史的自然發展現象。大抵說來，漢武帝時代的儒學，已經滲雜了很濃的陰陽五行思想，（註三）甚至在獨尊儒術的外衣之內，也隱藏著刑名之學。漢得天下，本來起自於草野，陰陽五行之說，正好可以幫他們找到了名位上的合法性，因此董仲舒極富陰陽家思想的天人感應之說，會得到武帝的青睞。（註四）再者，武帝是一個好大喜功的君王，個性上又頗爲猜忌刻薄，（註五）要統治那麼大的一個國家，勢必要借助於刑名之學了。如叔孫通、公孫弘，世皆稱爲儒者，其實前者更像是方士，後者簡直就是法家。（註六）

二、學術思想傾向於一元化

建元五年，武帝採用董仲舒的建議，置五經博士，元朔五年，又採用公孫弘的建議，置博士弟子員。從此，博士始向儒術和經學走去，把始皇時代的博士之業「詩書」和「百家之言」分開了。這是一個急劇的轉變，使得博士們從「通古今」一變而爲「作經師」，換句話說，學術的道路，從此限制在經學這一條路上了。

秦始皇的統一思想，是不讓人們讀書，他的手段是刑罰的威嚇；漢武帝的統一思想，則是要人們只讀一種書，他的手段是利祿的誘引。結果，武帝的目的達到了，而且沒有人指他爲暴君。（註七）。

由於五經博士及官學的設立，士人只讀儒家的經典，便可以走上功名的大路，因此，學術思想逐漸傾向於一元化。方望溪說：「子長序儒林曰：『余讀功令，至於廣厲學官之路，未嘗不廢書而歎！』蓋歎儒術自是而變也。」（註八）在古代以農業爲主的社會，行業有限，傳播的媒介也少，在一個大一統的政治結構裏，學術若得不到朝廷的支持，是無力自行發展的。但是，學術一旦得到了朝廷的支持，不可免地便要受到種種控制或扭曲。（註九）學術思想的一元化，在統治者來說，固然得著許多的方便，可是，就長遠的攷慮，其實流弊反而不少，因爲學術思想界的生機枯萎了。

三、禮賢下士之風不再

回顧春秋戰國時代，雖然同樣是農業社會，但是由於統治權力分散在貴族手中，列侯爲了增強自己的實力，對人才的需求極爲渴切，於是在「有求於人」的情勢下，對於能夠提供謀策的士人，禮遇有加，甚至一再容忍。我們在〈左傳〉裏，可以看到秦國的蹇叔，在穆公面前，力阻伐晉不成，竟然在秦軍出師之日，做出「哭師」的不吉祥舉動；晉國的原軫，在晉襄公面前，毫不顧忌地吐口水，（註一〇）膽子不小！至於像淳于髡、騶衍等稷下先生，受到諸侯「擁彗前行」式的禮遇，（註一一）在當時是很平常的現象。至於孔、孟、荀、莊等人，更是始終保持「合則來，不合則去」的風骨，諸侯雖或不信服他們所說的大道理，也從未施用政治的迫害。由此可見在秦漢統一以前的各家士人，都受到尊重，只因統治者有求於他們。等到秦併天下，治權集中，貴族的勢力逐漸式微，制衡的力量消失，於是，各家各派的學者，所能找到的雇主只有一個，這位唯一的雇主的好惡，便成了思想學術界的盛衰依據。（註一二）加以科舉利祿的引導，士人不知不覺已陷入牢籠之中，爲了謀取功名，只有向朝廷討好取媚。至於少數不願「曲學阿世」（註一三）的風骨之士，除了隱退，還有什麼辦法？心

中若有不滿，就是沒說出來，尚有「腹誹」的死罪，（註一四）那就更不必提忠言直諫的下場了。（註一五）

總之，司馬遷存活的時代，在學術思想上，呈現著由諸子並爭轉而爲獨尊儒術的一元化傾向，而此所謂儒術也早已不同於孔、孟、荀等人的儒學了，其中雜揉了陰陽五行、方士、刑名之說。至於學術思想由朝廷領導、控制以後，君王再也不肯禮賢下士，反而以奴婢、臣僚看待士人，於是，士人的獨立風骨逐漸式微，而曲學媚世的小人儒也就相形地增多了。（註一六）

【附註】

註一　〈論語爲政〉子張問：「十世可知也？」子曰：「殷因於夏禮，所損益可知也。周因於殷禮，所損益可知也。其或繼周者，雖百世可知也。」

註二　高祖以馬上得天下，乃視儒生爲無用而憎惡之。如〈叔孫通傳〉：「叔孫通儒服，漢王憎之，迺變其服，服短衣楚製，漢王喜。」

註三　參考〈兩漢思想史〉卷二：「董氏的洪範五行的問題」、「天人關係」。

註四　同上。

註五　武帝在位期間，丞相自殺、被殺者居半，可見其猜忌刻薄的一面，又設有督察貴戚近臣的直指繡衣使者，即類似於後世之特務人員。可參考〈司馬遷之人格與風格〉〈武帝時代之嚴刑峻法〉。

註　六　叔孫通在秦二世時，瞞以「山東羣盜不足掛齒」，遂得賞賜。後逃往項梁，後又從懷王，再事項羽，後又降事劉邦。爲劉邦訂朝儀，使劉邦嚐到做皇帝的滋味。這些行事，令人認淸他的方士作風。公孫弘因容貌端麗而拜爲博士，從不面折廷爭。曾與公卿約好在天子前議事，屆時又完全屈從天子之意，一言不敢發。他爲人「外寬內深」，嘗與弘有郤者，雖佯與善，陰報其禍。這顯然是寡恩的法家作風。

註　七　見〈漢代學術史略〉七十二、九十三頁。

註　八　見〈方望溪全集〉卷二：〈書儒林傳後〉。

註　九　見〈兩漢思想史〉卷三第四〇一頁。

註一〇　蹇叔哭師，事見〈左傳僖公〉三十二年，原軫不顧而唾，見〈左傳僖公〉三十三年。

註一一　見〈孟荀列傳〉。

註一二　參考〈史學與傳統〉五七頁。

註一三　〈儒林列傳〉：「固之徵也，薛人公孫弘亦徵，側目而視固。固曰：『公孫子務正學以言，無曲學以阿世』。」

註一四　元狩六年，張湯所定。（見〈司馬遷之人格與風格〉一二九頁）又，〈魏其、武安侯列傳〉，武安曰：「天下幸而安樂無事，蚡得爲肺腑，所好音樂、狗、馬、田宅，蚡所愛倡優巧匠之屬，不如魏其、灌夫，日夜招聚天下豪傑壯士，與論議，腹誹而心謗，不仰視天而俯畫地，幸天下有變，而欲有大功，臣乃不知魏其等所爲。」大凡猜忌之主，都容易懷疑他人，才有小人會在他的面前檢舉，謂某某思想、心術有問題。武安侯田蚡檢舉魏其侯竇嬰的手法，可謂狠毒之至。

註一五　司馬遷自己既因爲李陵事，直言而招來刑辱。

註一六　〈論語雍也〉，子謂子夏曰：「女為君子儒，無為小人儒。」又，〈平準書〉：「自是之後，有腹誹之法，以此而公卿大夫多諂諛取容矣。」又，明末黃宗羲在談到罷相之害時，即指出皇帝不信宰相，反而縱容以奴婢之道侍主的佞幸奄宦，於是，久而久之，皇帝乃以為人臣之道即是奴婢之道，而一批諂諛取容者，也就自甘放棄士人之風骨，為皇帝之臣僕、奴婢而不覺羞恥了。（參見〈中國政治思想史〉下冊六四三頁）

第二節　政治形態的轉變

一、貴族勢力的衰微

從戰國時代開始，貴族的勢力已逐漸式微，代之而起的是有才幹能治事的一批士人。當秦始皇兼併諸侯，設立郡縣，透過文字、交通、度量衡的統一，再加上官制的整理，中國的統一規模，可以說大抵完成。可是秦王朝的根基尚未紮穩，不過十數年的光景，陳勝、吳廣起來反抗，接著項羽、劉邦各自借諸侯之名，號召列國之後，一舉把咸陽攻下。歷來有許多人都歌頌劉邦是「平民革命」，（註一）他只是利用了當時尚存些許象徵意義的諸侯之後，他本身不論是地位、學識、品德各方面，都有異於先秦的貴族。（註二）我們可以說，先秦的那種貴族分治的政治形態，徹底瓦解了。楚漢相爭的結果，漢勝楚敗，亦象徵著貴族勢力的衰微。

二、强幹弱枝的集權專制

孔子「禮樂征伐自天子出」、（註三）孟子「定於一」、（註四）（呂氏春秋）「亂莫大於無天子」（註五）等觀念，加上天下之人苦於戰鬥不休，皆渴望一統的局面，於是乃形成中央集權的良好藉口。賈誼、晁錯、劉敬都主張削弱王侯的勢力，以達到強幹弱枝的效果。因爲漢初的異姓諸侯王，不只封地大，除了握有租稅、徭役之權，尙有政治權力，其官制和中央同，有丞相、御史大夫、有中尉（相比於中央之太尉）。除了丞相之外，這些官職皆由諸侯王自行任免。七國之亂平定以後，這些諸侯王的政治權、經濟權被剝奪了，可以說：景武之際，是漢代統治權集中到極點的時期。（註六）

世人都認爲秦始皇已經實行中央集權的制度，事實上，當時封建諸侯的勢力並未完全消滅，果然，在秦崩之後，諸侯之嗣，又紛紛起來，直到七國之亂平定之後，漢武帝正式制定官制，才徹底割除了封建的餘裔。（註七）

三、丞相的職權受到威脅

漢武帝是一個自視甚高、野心頗大的君主，他直接處理政事的心理，破壞了宰相分治的傳統，因此逐漸演變爲後代宦官、外戚干政等禍害。（註八）大凡一個才幹較強、野心較大的統治者，都易犯上「凡事由我來辦才最保險」的毛病，他個人的精力過人，魄力不凡，或許眞能日理萬機，但是他的

後代子孫，却未必能個個如此，於是反而造成了政治混亂的現象，秦始皇如此，漢武帝如此，明太祖也一樣。（註九）

在武帝的威權之下，「丞相只是備員而已，無所能發明功名有著於後世者。」（註一〇）他所用的丞相，親貴者如田蚡、李蔡，面諛者如公孫弘，醇謹畏事者如石慶、公孫賀，（註一一）這些人實在是武帝的傀儡，談不上獨立行使職權。至於稍有不如其意者，便會受到誅殺的命運，計武帝在位期間，用了十二位宰相，其中棄市者一人、自殺者二人、下獄而死者二人、腰斬者一人。（註一二）身爲輔佐帝王治國的丞相，連生命都不保，就更不必提其職權的保障了。

四、陽尊儒者陰用酷吏

由於武帝好大喜功，於是有連年的征伐，因征伐的耗費，於是文景積貯的庫糧虛空，由於需財孔急，遂立均輸、平準以與民爭利，又因與民爭利而唯恐刁民抗違，乃重用酷吏。這些酷吏，名爲法治，其實多係迎合武帝之旨意，如杜周爲廷尉，「善候伺，上所欲擠者因而陷之；上所欲釋者，久繫待問，而微見其寃狀。客有讓周曰：『君爲天下決平，不循三尺法，專以人主之意指爲獄，獄者固如是乎？』周曰：『三尺法安出哉？前主所是著爲律，後主所是疏爲令，當時爲是，何古之法乎？』」（註一三）張湯所行，亦大類此。〈史記酷吏列傳〉所記十人，皆爲文景之際以至於武帝時人，正是司馬遷所能耳聞目睹者也。世人但知武帝獨尊儒術，其實，當時政治形態，表面以儒術爲號召，實質上却是採用酷法以馭下。

從文景之崇尚黃老，以寬柔放任治世，一轉而為武帝陽尊儒術，陰用酷法，實是政治形態上一大轉變。

【附註】

註一 項羽還稱得上是楚的貴族，世代為大將，至於劉邦，實在找不出顯貴的祖先來。後人傳說其母夢與神遇，有龍在其身上，因而有身，遂生劉邦。劉邦每醉臥，人常見其上有龍。這種跡近神話的傳說，或可以彌補他平凡的出生吧？

註二 他的父母名不見經傳，起事時，他不過是一個小小的亭長，至於學識修養，更談不上高雅，動作粗陋，出口鄙俗，實在是因為他既未讀過什麼詩書，又整日和地方上一些屠狗者流相交遊的緣故。

註三 見〈論語季氏〉。

註四 見〈孟子梁惠王〉。

註五 見〈呂氏春秋始覽、謹聽〉。

註六 可以參考〈兩漢思想史〉卷一〈漢代一人專制政治下的官制演變〉及〈中國上古史綱〉二一〇頁。

註七 在漢高祖時所封的一百四十多位列侯，到了武帝太初三年，只剩下四人。

註八 參考〈兩漢思想史〉卷一〈武帝對宰相制度的破壞〉（二二五頁）。

註九 明太祖甚至明令不准置相。

註一〇　見〈史記張丞相列傳〉。

註一一　〈史記萬石張叔列傳〉：「（石慶）丞相醇謹而已，在位九歲，無能有所匡言。」

註一二　參見〈兩漢思想史〉卷二〈武帝對宰相制度的破壞〉（二二五頁）。

註一三　見〈史記酷吏列傳〉。

第三節　經濟民生的轉變

人類的生活，遠自上古茹毛飲血的簡陋方式，經過人類智慧的累積和開發，有了工具的發明改進，促成生產方式及生產質量的改變，於是能養活的人口增加了，人與人的交往頻繁了，都邑形成，交通工具製造出來了。（註一）原本以家族部落爲主的社會結構改變了，社會的價值取向也改變了，於是種種社會組織、國家制度、禮儀規範紛紛建立。上述粗淺的敍述，旨在說明人類社會，是不斷在改變的，而其間促成改變的因素，固然很複雜，不過，經濟民生實在是其中一項最重要的因素。

在司馬遷所處的漢初，其經濟民生的狀況是怎樣的呢？（註二）漢武帝時，由於累積了漢初七十年的蓄養，原本是極爲富裕的。〈史記平準書〉：「漢興七十餘年之間，國家無事，非遇水旱之災，民則人給家足。都鄙廩庾皆滿，而府庫餘貨財。」有了如此優良的條件，如果漢武帝仍秉持文景時的施政，以修養爲上，則漢室之富，是歷代無法比擬的。可惜，武帝是一個不甘於無所大表現的君主，於是他征匈奴、伐大宛、開西南夷、討朝鮮。由於一連串的用兵，耗費的人力、物力極爲可觀。兵士吃穿固然需錢，糧秣的運輸耗費也驚人，賞賜有戰功的人，花費也不少，（註三）至於降服的俘虜呢？也需要花費大筆經費來安頓他們。（註四）

耗費太多，再豐裕的積蓄也有枯竭的時候，可是武帝仍然執迷不悟，（註五）於是只有另外設法弄錢。武帝急須經費，於是其部屬只好千方百計，籌謀財源。他們籌謀財源的方式，可略分爲下列四種：

一、改革幣制

漢初，先是放任民間自行鑄錢，（註六）不久之後，旋又因「莢錢益多輕，乃更鑄四銖錢，其文爲半兩。」仍然令民間可以自己鑄錢。等到後來，民間鑄錢的愈來愈多，於是「錢益多而輕，物益少而貴」，這種通貨膨脹的道理，是很明白的，於是朝廷乃令縣官「銷半兩錢，更鑄三銖錢，文如其重，盜鑄諸金錢，罪皆死。」但是，吏民之盜鑄白金者，仍然不可勝數，可謂禁不勝禁。稍後，有司建議「三銖錢輕，易姦詐。」乃更請諸郡國鑄五銖錢。（註七）我們可以看出漢初短短數十年，幣制之亂，已到了難以形容的地步。

二、公營壟斷

將塩、鐵等民間生活必須品，一律收歸公營，以壟斷市場。鄭當時便曾進言，謂桑弘羊等人「言利事析秋毫」，意即斤斤計較，與民爭利。〈平準書〉：「大農之諸官，盡籠天下之貨物，貴即賣之，賤則買之，如此富商大賈，無所牟大利，則反本，而萬物不得騰踊，故抑天下物，名曰平準。」名爲平準，其實是把持市場，所以卜式憤慨地說：「縣官當食租衣稅而已，今弘羊令吏坐市列肆，販物求利。亨弘羊，天乃雨。」（註八）

三、賣爵贖罪

武帝時，因大將軍衛青攻討匈奴，財力耗損極大，乃「議令民得買爵，及贖禁錮免減罪。」並置賞官，命曰武功爵，「以顯軍功，軍功多，用越等，大者封侯卿大夫，小者郎吏。」這樣一來，「入物者補官，出貨者除罪，選擧陵遲，廉恥相冒，武力進用，法嚴令具，興利之臣，自此始矣。」（註九）

四、酷法侵吞

雖然透過鑄錢、公營壟斷、賣爵，還不足以滿足武帝耗費。爲了吏民尚有私鑄錢幣、私賣塩鐵、逃漏賦稅等玩法行爲，（註一〇）於是重用苛吏嚴法，本欲飭法，却流爲侵吞。〈平準書〉：「自公孫弘以〈春秋〉之義繩臣下，取漢相；張湯用峻文決理（註一一）爲廷尉，於是見知之法生，而廢格沮誹窮治之獄用矣！」又：「杜周治之，獄少反者。乃分遣御史廷尉正監分曹往，即治郡國緡錢，得民財物以億計，奴婢以千萬數，田大縣數百頃，小縣百餘頃，宅亦如之。於是商賈中家以上，大率破，民偷甘食好衣，不事畜藏之產業。」這種種侵呑壓搾的擧措，徒然使得窮人更窮、富人破產，於是人們不想勤奮生產，相率偷甘食好衣，風氣從此更爲頹壞。

就經濟民生而言，由於武帝個人的好大喜功，漢初的富庶，一轉而爲衰耗，（註一二）原本頗具黃老色彩的自由放任經濟政策，也一變而爲干擾、操縱與壟斷。這種轉變，是既明顯且急遽，甚至可以視爲漢室由盛轉衰的契機。

【附註】

註一　自戰國晚期至西漢上半期，是牛耕逐漸推行的時代，農村中給牛替代了的剩餘人口，總有一部分向都市宣洩，這又是工商業發展之一種新的原動力。參考〈中國上古史綱〉二三一頁。

註二　漢初，尤其是文帝時代，黃老思想最重要的影響，是在經濟方面。如文帝五年曾廢除「盜鑄錢令」。高祖時，陳豨造反，其將帥全是商賈，足見當時商業活動之熱絡。依〈貨殖列傳〉記載，在當時通都大邑中，至少有三十餘種企業，其收入可以比千戶食邑之封君。參考〈中國上古史綱〉二三〇頁。

註三　〈平準書〉：「明年（元朔六年）大將軍將六將軍，仍再出擊胡，得首虜萬九千級，捕斬首虜之士，受賜黃金二十餘萬斤。」

註四　〈平準書〉：「天子爲伐胡，盛養馬，馬之來食長安者數萬匹，卒牽掌者，關中不足，乃調旁近郡。而胡降者，皆衣食縣官，縣官不給，天子乃損膳，解乘輿駟，出御府禁藏以贍之。」

註五　（平準書）：「有司言（賦稅既竭事），天子（武帝）曰：『朕聞五帝之教不相復而治，禹湯之法不同道而王，所由殊路，而建德一也。北邊未安，朕甚悼之。』於是乃有議令買爵之舉。

註六　（平準書）：「於是爲秦錢重難用，更令民鑄錢。」

註七　以上所引皆出自（史記平準書）。

註八　同上。

註九　同上。

註一〇　（平準書）：「兵連而不解，天下苦其勞，而干戈日滋。行者齎，居者送，中外騷擾而相奉，百姓抏弊以巧法。」

註一一　張湯事見（史記酷吏列傳），如「與趙禹（亦酷吏）共訂諸律令，務在深文。」「湯爲人多詐，舞智以御之。」「狄山（博士）曰：『臣固愚忠，若御史大夫湯，乃詐忠。若湯之治淮南、江都（二王）以深文痛詆諸侯，別疏骨肉，使蕃臣不自安，臣因知湯之爲詐忠。』」

註一二　（漢書夏侯勝傳）：「武帝雖有攘四夷、廣土斥境之功，然多殺士衆，竭民財力，奢泰無度，天下虛耗，百姓流離，物故者過半。蝗蟲大起，赤地數千里，或人民相食，畜積至於今（宣帝初）未復。」又，（漢書昭帝紀）贊曰：「承孝武奢侈餘敝，師旅之後，海內虛耗，戶口減半。」

第四節　文學觀念及文體形式的轉變

一、文學功能的擴大

在漢初，「文學」二字的定義、範圍雖然都還沒有十分釐清，但是從作者的身分、動機，和作品內容與形式來看，已經可以說是相當具有文學的實質意義了。先秦固然留下不少佳構，但是作者多半是抱著闡釋政治理論或人生哲學的心態，而且他們之所以留名後世，也不是被人視爲文人作家，像孔子、孟子、莊子、左丘明。就像〈詩經〉、〈離騷〉的作者，雖然抒寫情意的意味很濃，形式上也頗爲講究，本應屬於較純粹的文學作品，可是前者被視爲「諷刺」之作，後者又只被強調作者的「愛國情操」。

可是到了漢初，文學的功能擴大了，文學的意義也比較明顯了。上至項羽的〈垓下歌〉（註一）、劉邦的〈大風歌〉（註二）、武帝的〈李夫人歌〉，（註三）下至賈誼的〈吊屈原賦〉、司馬遷的〈悲士不遇賦〉，這些作品，在內容上已是抒情寫志，形式上也講究多了。寫文章，已經不只限於說教論政，如果能夠把自己的情意感懷，鋪陳敍述得很優美、深刻，也自有其價值。甚至貴如天子，也敢於眞情流露地慷慨悲歌，（註四）這種對文學價值的重新肯定的觀念，對司馬遷來說，影響很大，他對屈原那般心儀，（註五）他採用文學的意念和技法去寫〈史記〉，是可以從這裏找到緣由的。

二、文體形式的演變

正如蕭統在〈文選〉序中所說：「蓋踵其事而增華，變其本而加厲，物既有之，文亦宜然，隨時變改，難可詳悉。」王國維〈人間詞話〉五十四：「四言敝而有楚辭，楚辭敝而有五言……。蓋文體通行既久，染指遂多，自成習套。豪傑之士，亦難於其中自出新意，故循而作他體，以自解脫。一切文體所以始盛終衰者，皆由於此。」由於人類生活環境的改變，促成人類在文學觀念上的改變，相對地，文學形式也就自然隨之演變。先秦在江北流行的詩歌，到了漢初，已逐漸爲樂府民歌所取代。〈漢志〉：「自孝武立樂府而採歌謠，於是有趙代之謳，秦楚之風，皆感於哀樂，緣事而發，亦可以觀風俗，知厚薄云。」這些民歌，內容上仍多抒寫戰亂之苦，但是在表達技巧上，已經比〈詩經〉時代又進步多了。對於民間生活有更細膩的寫實，全篇的故事性更強、語言上更活潑自由。（註六）

即使是先秦已有輝煌成就的散文，此時亦顯蓬勃發展，大抵朝向題材多樣化、形式活潑化的趨勢，司馬遷的〈史記〉在散文上的成就，自是大家肯定的，另外如賈誼的〈治安策〉、〈過秦論〉，鼂錯的〈賢良對策〉、〈論貴粟疏〉，內容上涉及國家大計、分析社會興亡，討論成敗得失，文句流暢，語氣激昂。先秦的散文，發展到這時，題材多樣化了，結構更精簡了，論述更周詳了。至於比司馬遷稍後的劉向，在歷史性的記事文方面，有〈新序〉、〈說苑〉等代表作，以史實、傳說、寓言爲題材，作通俗生動、耐人尋味的描述，文學價值也很高。

至於屈宋的騷賦，此時已輾轉而爲鋪采摛文的漢賦，漢賦一向被文學史家視爲漢代最具代表性的文體，若從形式上來看，屈宋的騷體賦，到漢時已被散體長賦取代。其間逐步演變的痕迹，尙可追尋：屈原不務鋪張地直抒胸臆的騷體，到了宋玉，已逐漸向鋪張纖細方面發展。荀卿的賦篇，採用問答式又參雜用韻的體制，已是散體賦的開端。賈誼的〈吊屈原賦〉仍不失爲情眞意實的抒情賦，至於他的另一篇代表作〈鵩鳥賦〉，主旨在說理，却是漢代第一篇散體賦。（註七）枚乘的〈七發〉，是問答式的體物的散賦，雖有諷諫之句，却傾全力於聲色犬馬，遊觀田獵等等的鋪陳。司馬相如承繼了枚乘的作風，把散體長賦發揮到極高的成就。

相如等人的長賦，和楚辭相比，可明顯地看出詩的成分減少了，散文的成分加多，抒情的個人成分幾乎完全消滅，代之而起的是敍事詠物，歌功頌德。漢代的賦家，都在鋪摛文字上用工夫，結果是辭雖麗而乏情，演變到極致，賦便和實際的社會人生脫節，只成爲君王的娛樂、文人的遊戲了。（註八）

三、文人心態的扭轉

如果我們承認漢代文學的代表，是散文體的長賦，那麼，我們應該可以就屈原的〈離騷〉演變至司馬相如等人的漢賦，從其內容精神上的差異，以及漢賦所以興盛的背景，來探討漢初文人在心態上的轉變。

由楚辭到漢賦，抒情的個人成分逐漸消失，屈原那種對家國的悲懷，以及浪漫純眞的抒情方式，到了司馬相如，已經消失，只剩下文人對宮庭生活的歌頌，在鋪陳辭采中自我滿足。爲了討好君王，爲了求取利祿，文人已經不再講究情眞意摯了。

漢賦作者之所以逐漸趨向於虛情取媚，是和漢賦之所以興盛的社會背景有極密切的關係。爲了探索漢初文人心態上的扭轉，有必要將漢賦興盛的原因加以陳述：

㈠、文體本身自然演變。每一種文體，都是累積了很長的時間，集合了許多人的嘗試創作，逐漸形成的。從草創、形成、顚峯，以至於衰微，乃是必然的流程，從楚辭演變到漢賦，這是文人在不斷超越中，所達成的現象。

㈡、經濟政治的影響。由於漢與以來七十餘年的生養蓄積，府庫充盈，民生安樂，武帝是一個好大喜功的君王，在軍事、政治上又大肆宣揚其威勢，雖然民生已經開始凋蔽，但是上層社會仍然沈醉在奢華的生活裏。於是酒色犬馬之樂、神仙長命之想、富麗的宮殿、廣大的苑囿，（註九）便成了文人鋪張描繪的主要題材。因此，司馬相如、楊雄等人所寫的題材，正是代表漢帝國的物質文明以及皇帝的生活思想最精采的部分。

㈢、利祿的誘導，文人相競爲賦。因爲王公貴族喜歡華麗的辭賦，在吳王劉濞、梁孝王劉武、淮南王劉安等人的招致網羅之下，鄒陽、枚乘、司馬相如等人，都備受賞賜與寵愛。（註一〇）武帝更是喜歡那種歌頌讚揚他的文治武功的美麗辭章，他有一次讀到司馬相如的〈子虛賦〉，歎說：「朕獨不得與此人同時哉！」經人介紹，武帝召見相如，相如說：「此乃諸侯之事，（註一一）未足觀也，請爲天子遊獵賦。」賦成奏上，上許令尙書給筆札。（註一二）司馬相如、枚皐、東方朔都是因寫賦而得官。他們在大事鋪陳誇飾之後，也會在文末加一兩句諷諫語，不過已經成了一種形式而已，皇帝王公喜歡的，不是那一兩句諷諫，而是那長篇大論令人陶醉的美辭。

㈣、罷黜百家、獨尊儒術。在文景時代，道家思想尙很流行，因此賈誼的抒情賦，還頗有一些個人的浪漫情懷。等到武帝以後，儒術得到獨尊的地位，道家式的抒情文學式微了，名爲諷諫的賦，被捧上天。（註一三）

基本上，我是側重在文學的立場，來探討司馬遷所存活的時代背景，因此，在文學觀念及形式的轉變一節中，不惜花費較多的文字來做說解。總結來說，司馬遷所處的時代，在文學的氛圍內，觀念是逐漸開擴了，文體形式也較前活潑，只是，鋪陳辭采、歌頌取媚的文風，似乎是他深切地加以排斥的。

【附　註】

註　一　見〈項羽本紀〉：「力拔山兮氣蓋世，時不利兮騅不逝，騅不逝兮可奈何，虞兮虞兮奈若何。」

註　二　見〈高祖本紀〉：「大風起兮雲飛揚，威加海內兮歸故鄉，安得猛士兮守四方。」

註　三　「是耶非耶？立而望之，偏何姍姍其來遲！」見〈中國文學發達史〉一六〇頁。

註　四　項羽在垓下被圍，一世豪傑，自稱霸王，竟然在女人面前慷慨悲歌；劉邦在平定天下之後，回到故鄉，和父老宴飲，也不禁悲歌泣下。前者見〈項羽本紀〉，後者見〈高祖本紀〉。

註五　〈史記屈原賈生列傳〉：「屈平正道直行，竭忠盡智，以事其君，讒人間之，可謂窮矣，信而見疑，忠而被謗，能無怨乎？屈平之作〈離騷〉，蓋自怨生也。〈國風〉好色而不淫，〈小雅〉怨悱而不亂，若〈離騷〉者，可謂兼之矣！……推此志也，雖與日月爭光可也！」

註六　參攷復文書局出版〈新編中國文學史〉第一冊一七三頁〈樂府民歌的藝術表現〉。

註七　同上註第一三〇頁。

註八　參攷劉大杰〈中國文學發達史〉，（中華書局出版）第一二七頁。

註九　武帝時建的甘泉宮、建章宮、上林苑，其規模之大，又勝過高祖時的未央宮。可參攷〈西京雜誌〉、〈三輔黃圖〉。

註一〇　〈史記司馬相如列傳〉：「會景帝不好辭賦，是時梁孝王來朝，從游說之士齊人鄒陽、淮陰枚乘、吳莊忌夫子之徒，相如見而說之，因病免，客游梁，梁孝王令與諸生同舍。」

謝惠連〈雪賦〉：「梁王不悅，遊於兔園，迺置旨酒，命賓友，召鄒生（即鄒陽），延枚叟（即枚乘），相如末至，居客之右。」

註一一　司馬相如〈子虛賦〉是在客游於梁孝王門下時所作，故稱諸侯之事。見〈司馬相如列傳〉。

註一二　言下令尚書賜給筆札。〈史記正義〉引〈說文〉：「札，牒也，按木簡之薄小者也。」

註一三　參見劉大杰〈中國文學發達史〉（中華書局本）一二五頁。

第五節　大變動時代對司馬遷的衝擊

司馬遷在這一段大變動的時代裏存活著，到底他的反應如何？他有怎樣的檢討與批判？一般而論，在一個大轉變的時代裏，多數人只能隨著時俗浮沈，狡猾些的人，便投機取巧，從中取利。至於司馬遷，由於他的資質、教養和經歷都與衆不同，（註一）因此，他對身處的時代，有比別人更深的體認。站在史學家的立場，尤其是站在一個想「成一家之言」的立言者的立場，（註二）他必然要將這個時代的眞象，揭示在世人的眼前，爲千秋萬世做一個交代。（註三）面對時代轉變的衝擊，他是如何反應的呢？

一、學術思想方面

他對於學術思想的一元化，抱著不同意的看法，〈自序〉所錄〈論六家要旨〉，最能代表這種心態，然而，〈後漢書班彪傳〉所云「其論學術，則崇黃老而薄五經」，正是後人誤解他的地方。千百年來，尚有許多學者只看見漢初設立官學、設置五經博士，使文學之士能登用於朝廷的正面功能，却不能如司馬遷一般，看出其中的弊端。

對於當時所謂的儒者，如叔孫通、公孫弘之流，司馬遷是抱著嚴厲的批判態度的。伯夷、孔子、屈原等前賢「有所不爲」的風骨，到了叔孫通，已被圓通處世、取媚求榮所取代，而公孫弘「外寬內深」、「習文法吏事而又緣飾以儒術」（註四）的爲人，更是司馬遷所不滿。

二、政治方面

司馬遷對政治所抱持的理想，有很濃的孔孟色彩，孔子以仁德服人的政治理想，孟子「獨樂樂不如衆樂樂」的觀念，是司馬遷深表贊同的。當漢武帝爲了求得千里馬，兩次伐大宛，犧牲了五萬大軍，耗費三萬匹軍馬，十萬頭牛、騾、槖駝等巨大的資糧，因此役而被封侯的有二人、軍官吏爲九卿者三人、諸侯相郡守二千石者百餘人。（註五）這種爲了私人的嗜好，浪費人力物力的作法，在孔孟的立場來看，是一種獨樂樂，是一種淫奢！

漢武帝這種企圖以權勢代替功德，來維持他所擁有的地位的作法，是深受孔孟理想薰陶的司馬遷所不能同意的，但是，武帝朝中的官吏，却多半沈陷其中，阿諛尚感不足，那裏有幾人敢於仗義直言呢？司馬遷處在這樣一個朝廷裏，他已看出漢室的由盛而衰，無奈同僚們却痲木不仁地明哲保其身。這樣的處境，令他產生「衆人皆醉我獨醒」的心懷，難怪他對屈原有那麼深的懷念！李陵案，只不過是導火線，他的忠言直諫，是不可免的，就算沒有李陵案，我看他仍會因別的案子而冒出那些直言的。

大凡一個有心人，處在現實的社會裏，總不免拿當世的政治、思想和前代相比，司馬遷受儒家的影響很大，促使他亦多多少少染上了「懷古」的心態，不過，他所懷念的古聖先賢，却和許多儒者不同。（註六）先秦那種重視人才、講求功德、輕視功利的遺風，是他深深懷念的，等到漢初，治權的集中，士人的逢迎，是他無法接受的轉變。

他為遊俠作傳，可以看作他私心嚮往可與君權抗衡的另一股力量，至於自序中引述孔子著〈春秋〉「貶天子、退諸侯、討太夫以達王事而已矣」的抱負，到了漢書，已經把「貶天子」刪去，（註七）可見他對於政治上的分權制衡思想，是後來史家如班固之流所不及的。（註八）

三、經濟方面

司馬遷不是一個迂腐的儒者，他對道家思想也有相當的贊許，富商大賈的興起，並非由於任何預定的計畫，也可以說是一種自然的現象，所以他說：「善者因之、其次利導之、其次整齊之、最下與之爭。」（註九）

他承認凡人有求安逸舒適的本性，（註一〇）他贊成「倉廩實而知禮節，衣食足而知榮辱」的論點。（註一一）對於物價的看法是「賤之徵貴，貴之徵賤，各勸其業，樂其事，若水之趨下，日夜無休時，不召而自來，不求而民出之。」（註一二）

在二千年前的中國，已經有人提出求利乃人之本性，先要吃飽穿暖才能談禮樂道德，固然招來頗多衛道人士的攻擊；（註一三）至於他把行業的選擇、物價的起伏，看作是供需關係的自然調節，這種頗具自由主義色彩的經濟觀，在彼時彼地，寧非曠世之論？近代社會學者，大抵同意「經濟生活不能自由，則政治生活亦不得自由」的推論。在兩千多年前的中國，原有自由而蓬勃發展的經濟環境，却因武帝的經濟政策而遭到了遏阻與壓抑，使得原有可能促成政治自由民主化的條件因而消失殆盡，想亦是中國歷史的缺憾之一。至於批評司馬遷「序貨殖，則輕仁義而羞貧賤。」那很顯然是短視之見了。瞭解司馬遷的自由主義傾向經濟觀之後，對於他批評武帝的壟斷式經濟政策，自然能夠給予同情，看到他借卜式之口說出：「亨弘羊，天乃雨。」（註一四）應該可以諒解他的深意了。

四、文學方面

漢初的文學思潮和文壇狀況，對司馬遷的影響，可以分成正反兩面來看：

㈠就其正面意義而言，文學功能的擴大，文學形式的活潑多樣化，對司馬遷有很大的幫助，他決定用散文的形式來寫（史記），應該是得到這方面的啓發吧？第四章第七節有詳細的討論，此處不再贅述。

㈡就其反面意義而言，對於當時極爲盛行的賦體文字，他是不大喜歡的；（註一五）至於文人爲了利祿，不顧社會民生，不講個人尊嚴，一味地歌頌帝王之奢靡，在辭藻上賣弄，他更是深感不滿了。（註一六）

結　語

司馬遷身處在一段大變動的時代裏，他用冷靜而獨立的心態，對這個時空環境提出他的觀察與批判。簡要地說，他對當時的政權集中化表示反抗、（註一七）對於經濟民生受到朝廷的干擾與壟斷感到不滿、（註一八）對於各家思想趨向一元化感到惋惜、對於文學功能的擴大與文學形式的活潑化表示贊同，至於士人傾向於奔競名利，則深感不齒。

對於同一時空，由於不同的眼光，所見自然不一樣，在漢初那一段大變動的時代，漢武帝所見，是兼併天下，中國一統，因此他要封疆拓境，他要四夷臣服，他要領導學術思想，他要操縱國家經濟，這是帝王之眼。公孫弘、董仲舒、桑弘羊、司馬相如看出帝王的心意，爲他設計官學博士、提出天人感應（註一九）之說、提出均輸平準的辦法、爲他寫下歌功頌德的漂亮辭賦，這批人是順著帝王之眼去看世界，而且所見往往限於一隅，又比帝王之眼窄小，是謂幕僚之眼。至於汲黯、卜式看出武帝匈奴政策、經濟政策之乖謬，疾言其失，（註二〇）雖能見幕僚之眼所未見，亦不免拘於一偏，是謂反對者之眼。唯司馬遷能以史家之巨眼，洞徹時代的得失、武帝的功過，他的眼光超越了反對者、（註二一）超越了幕僚，也超越了帝王，唯其如此，才夠資格言「究天人之際、通古今之變、成一家之言」。

作爲一個天生地具有才能的人，（註二二）他與一種碰到的現存的材料發生關係，通過一種外像，一個事件，或是像莎士比亞那樣，通過古老的民歌、故事和史傳，經由這一類外力的推動，他自覺有一種內在的要求，要把那些材料表現出來，並且因此也表現了自己。（註二三）所以，創作的推動力可以完全是外來的，唯一重要的條件是：藝術家應該從外來材料中抓住眞正有藝術價値的東西，並且使對象在他心裏變成有生命的東西。（註二四）

總結來說，對於所處的時代，司馬遷有超乎時人的認知，這是智的表現；對於時代之錯誤，他敢於提出批判，這是勇的表現；透過對歷史的瞭解，他能提供世人一種方向，這是愛的表現；至於透過精密的架構、豐富的表達手法將（史記）展現在世人的面前，這正是藝術才華的具體凝結。

【附註】

註一　於第二章（天才的成長）有較詳細的論述。

註二　於第三章（司馬遷的創作意識）第六節（立言以求自我之完成）有進一步的闡釋。

註三　於第三章第二節（職責上的使命感）、第三節（對時代的批判）有較詳細的討論。

註四　第一章第一節，已有詳述。公孫弘事尚可參考日人武田泰淳（司馬遷—史記的世界）一二二頁。

註五　見（史記大宛列傳）。

註六　他特別仰慕的是伯夷、孔子、屈原，與後世儒者懷古，出口即堯舜文武，不同。

註七　見（漢書司馬遷傳）。

註八　徐復觀（兩漢思想史）卷三：「蓋班固以爲天子不可貶，……此亦儒家思想因專制之壓制而墮退的標誌。」（見該書四三四頁註三〇條）

註九　見（史記貨殖列傳）。

註一〇　（貨殖列傳）：「夫神農以前，吾不知已，至若（詩）（書）所述，虞夏以來，耳目欲極聲色之好，口欲窮芻豢之味，身安逸樂，而心誇矜勢能之榮，使俗之漸民久矣！」又云：「故曰天下熙熙皆爲利來，天下壤壤皆爲利往，夫千乘之王，萬家之侯，百室之君，尚猶患貧，而況匹夫編戶之民乎？」

註一一 〈貨殖列傳〉引〈管子牧民篇〉。

註一二 見〈貨殖列傳〉。

註一三 〈後漢書班彪傳〉：「序貨殖，則輕仁義而羞貧賤。」

註一四 見〈史記平準書〉。

註一五 司馬遷以史學家的立場，錄存了許多司馬相如的長賦，這是一種時勢，撰史的人可以不喜歡，卻不能不為歷史留下記錄。但是他私下是不大欣賞這種文風的。〈司馬相如列傳〉太史公曰：「相如雖多虛辭濫說，然其要歸引之節儉，此與詩之風諫何異？」虛辭濫說是很重的批評，雖然有風諫，可惜不足以補其虛濫之失。今存司馬遷的賦只有一篇〈悲士不遇賦〉，他的文才是大家認同的，以他身處在漢賦極盛的時代，武帝又極為欣賞這種鋪張摛文的長賦，他卻只寫了一篇，而且寫的是〈士之不遇〉，而不走歌頌鋪飾的路子，可見他對這種賦體是不欣賞的。

註一六 司馬相如、枚皋、東方朔諸人，都以詩賦得官，以司馬遷的文學才華，他若要獻賦得官，諒必不難，他不肯走這條路，可見他對這種求取利祿的作風，是不贊同的。證之以李陵案，滿朝之人皆看武帝的臉色而不敢直言，唯獨他不計個人利害而仗義直言，這件事已足夠證明他的風骨。如果再參看他對叔孫通、公孫弘等人的取媚作風之批判，則更能證明他對奔名逐利之文人心態，是採不屑的眼光去看待的。

註一七 司馬遷將項羽列入本紀 孔子列為世家，已經寓有否定唯政權是尚，唯帝王是尊的價值觀，至於幫漢高祖訂朝儀的叔孫通、助武帝設官學博士的公孫弘、倡議削弱諸侯以利集權的晁錯，司馬遷都在其傳記中加以貶責。這種種作為，都可以佐證他對政權極度集中的反抗。武帝時，明顯地壓迫宰相，更是專制君王的典型，難怪司馬遷要強謂孔子著「春秋」「貶天子」的職責。

註一八　「史記平準書」即批判武帝經濟政策的代表，「史記會注考證」引茅坤曰：「平準一書，太史公只敍武帝興利，而其精神融會處，眞見窮兵黷武，酷吏興作，敗俗僨事，壞法亂紀，俱與興利相爲參伍，相爲根柢。」

註一九　董仲舒「賢良三策」：「春秋」大一統者，天地之常經，古今之通誼也。今師異道，人異論，百家殊方，指意不同，是以上無以持一統。臣愚以爲諸不在六藝之科，孔子之術者，皆絕其道，勿使並進。」今人指吾國學術不發達之原因，不歸於專制政治，而一歸之於董仲舒，有欠公允，然董氏此議流弊實大。（參考「兩漢思想史」卷二第四二八頁）「春秋繁露」：「唯天子受命於天，天下受命於天子。」新莽之政治，即此天人思想腐化之最後結果。（參考「中國政治思想史」上冊三一四頁）

註二〇　汲黯責武帝謂：「陛下內多欲而外施仁義，奈何欲效唐虞之治乎！」時漢方征匈奴，招懷四夷，而黯以其勞民傷財，力主和親政策。（見「汲黯鄭當時列傳」）武帝時，某年小旱，上令官求雨，卜式言曰：「縣官當食衣租稅而已，今弘羊令吏坐市列肆，販物求利，亨弘羊，天乃雨。」（見「平準書」）

註二一　世人有謂司馬遷因李陵案受辱，乃因私怨而著書毀謗漢帝，其實不然。（「三國志王肅傳」載魏明帝問「司馬遷以受刑之故，內懷隱切，著「史記」非貶孝武，令人切齒。」對曰：「司馬遷記事，不虛美、不隱惡，劉向、楊雄服其善敍事，有良史之才，謂之實錄。漢武帝聞其述史記，取孝景及己本紀覽之，於是大怒，削而投之，於今此兩紀有錄無書。後遭李陵事，遂下蠶室，此爲隱切者在孝武，而不在史遷也。」（參考張舜徽「中國歷史要籍介紹」，見長安出版社印行「司馬遷—其人及其書」一三四頁）

註二二　第二章「天才的成長」有較詳細之討論。

註二三　即第三章第六節（立言以求自我之完成）所論。

註二四　此段大意，引自黑格爾「美學」第一卷。（見華諾出版（文學理論資料滙編）上册一二八頁）

第二章　天才的成長

「天才」一詞，容易引起誤解，而且，在學術論著中用「天才」來形容一個人，也不太具有說服力，我仍然決定採用「天才的成長」做爲第二章的主題，旨在說明「天才」並非從天上掉下來，其形成的因素、過程是有迹可尋的。其實，稱司馬遷爲天才，不如說他是一個偉大的作家。不論是從他的寫作心態、或寫作技巧，乃至作品之風格對後世的影響來看，他都可以稱得上是一個偉大的作家。但是，大半的讀者只是認定他是一個了不起的文學家，並不曾細心地去分析他何以成其偉大？

這一章，有意要嘗試從司馬遷的出生、教養、遊歷、性情抱負、遭遇、自我磨練等各方面去追溯他所以偉大的緣由，藉此證明「天才」並非從天上掉下來，而是集合了許許多多的主客觀因素，尤其重要的是，「天才」必須付出無數的努力，也要承擔無比的痛苦。

對於文學作品的鑑賞與批評，是否需要對作者進行瞭解？依中國傳統的文學批評，則早在〈尚書〉已有「詩言志」之說，逮及〈詩大序〉謂「詩者志之所之也，在心爲志，發言爲詩。」大抵都認定詩（文學作品）乃作者心志的表現。曹丕在〈典論論文〉謂：「文以氣爲主，氣之清濁有體，不可力強而致。」到了劉勰，加以發揮，以爲「人之稟才，遲速異分；文之制體，大小殊功，是以意授於思，言授於意。」（註一）又說：「才有庸俊，氣有剛柔，學有淺深，習有雅鄭，並情性所鑠，陶染所凝。」（註二）已經肯定個人的情性有別，直接表現在作品上，遂形成不同的風格。明代袁氏兄弟提出「非從自己胸臆流出，不肯下筆」（註三）的性靈說。上述肯定作者與作品間有密切關係的觀點，其歷史源流可以說是有脈絡可尋的。有了這種體認，才能瞭解章學誠說的「不知古人之世，不可妄論古人文辭也；知其世矣，不知古人之身處，亦不可以遽論其文也。」（註四）

至於近代歐美曾提出所謂的新批評，認爲文學作品具有自主性，我們該關心的是作品的本身，而不必問作者的個性和意圖。其實，徒以形式的攷察作爲起點，表示文學的詮釋，一開始就遠離美感實際的整體性了。（註五）基本上，我認爲文學作品的鑑賞，如果只問「好不好？」就可以單就作品來作析論；假使要問「爲什麼這樣好？」就不能不對作者作深入的瞭解了。（註六）

天才一詞，在語意上，不易做精確的界定，個人只做一個粗略的概說。一個人在智力方面，得到的遺傳是中上的，加以後天的努力學習，配合客觀環境的衝擊，使他在某一領域內，有極爲出色的表現，我稱他爲天才。讀過畫家高更、梵谷的傳記，我認爲天才應該具備大智、大仁、大勇三個條件，大智是指能看出、想出、做出他人未能做到的艱巨創作；大仁是指不爲一己之生活功利；大勇是指能獨立於習俗之外。這樣一位天才，既已不屬於他的父母，也不屬於他的妻子，甚至不屬於他自己，他的生命光輝是屬於全人類的。（註七）

亨利·菲爾汀在〈湯姆·瓊斯〉裏曾提到偉大的創作需要什麼條件，他提四項要點：（註八）

㈠天才。那是上天的恩賜。

㈡人道精神。善心者的全部力量，都是由此產生的，它使人眼中充滿熱淚，使人赧顏羞慚，使人心中起伏著悲哀、歡樂和仁慈。

㈢學問。沒有它，天才產生不了純粹而正確的東西。

㈣經驗。只有通過經驗，人們才能瞭解人類的性格。

大抵上，我是依據著上述的理念，來瞭解司馬遷的種種。關於資質秉賦，因爲缺乏可靠的證據，本文盡量不做過分的臆斷，但是，我們又不能否認資賦的重要性，所以仍然闢出一節加以簡略的概述。至於他的遭遇、教養應該是形成他的個性及抱負的主要因素，而且有相當詳實的史料可以依循，當然不宜輕易放過，然而，最終的目的，仍是儘可能地描繪出司馬遷的個性，以便於更貼切地詮釋他的作品——〈史記〉。

我國傳統上的作家研究，往往先透過其作品，理出年譜，再依據此年譜，勾勒出作者生平思想，經由這個作者去看他的作品，此種方式，容易陷於自閉的循環之中。我想借助於史學方法上的詮釋理論，從作品中找出其呈現的問題，作者用什麼方式來反應、處理這些問題？從這裏試圖抓住作者的生命基本精神，以此基本精神爲出發點，去詮釋他的作品，他的思想。如果詮釋的過程，既能照顧到人性的共通處，又能貼切人性的獨特面，便能獲得讀者的信服，這是值得去嘗試的有意義的工作。（註

九）

【附註】

註一　見〈文心雕龍神思篇〉。

註二　見〈文心雕龍體性篇〉。

註三　見袁中郎〈文鈔敍小修詩〉。（〈袁中郎全集〉五頁）

註四　見〈文史通義文德〉。

註五　見〈詮釋學的三十個論題〉（〈國文天地〉第四期八五頁）

註六　當畫展、徵文比賽在評審時，只問作品好不好，不問作者是誰，一旦公布得獎作品之後，評論家和教師，總要向關心的民衆或學生，解析作者的種種背景，如此方能促使藝術欣賞達到更深、更廣的境界。每年的諾貝爾文學獎揭曉後，評審委員總要發表一段簡短的聲明，就該得獎作家的風格、貢獻提出說明。

註七　參考賴傳鑑〈天才的悲劇〉九三、九八頁。

註八　參考〈文學理論資料滙編〉上册一二三頁。

註九　有關詮釋的理念，大抵參考陳明福譯「歷史的理念」，李正治譯〈詮釋學的三十個論題〉。

第一節　出生與秉賦

司馬遷的祖先，我們知道的太簡略，只知道他的早期祖先，曾是世代相傳的歷史家並天文家，（註一）後有司馬錯、司馬蘄等人，在戰國時頗具軍事材能，（註二）這些遠祖，一因年代相隔太遠，二因他們的思想人品如何並無記載，對司馬遷的影響不大，可能只是賦予他「身爲史官」的榮譽感罷了。他的祖父司馬喜，說是做過五大夫，這也是一個空頭的第九等爵，可能是他的祖父務農致富而出粟買到的，實際上並未做官。他的祖先做的均係卑微之官，自然收入微薄，在生活方面，還得依賴家裏耕種所得來維持生活。（註三）至於他的父親司馬談，一因與司馬遷的關係更密切，二因有關的史料也較多，倒是值得多加介紹。

有關司馬談的性情、品德，我們缺少資料，不敢輕率定論，不過他的學問思想、以及他對個人及所處時代所抱的使命感，是直接影響他的兒子最大的部分。我並不是說一個人的學問思想會遺傳給下一代，但是，我認爲司馬談處在各家紛競逐漸縮小爲獨尊儒術的時代，尚能寫出〈論六家要旨〉那種開放、客觀的思想評論，（註四）足見他的識見有不同凡響的地方。再說，司馬談處在社會繁榮、政治穩定、國威遠播（註五）的時代，却能不滿足於生活的富裕安逸，進而對生命的價值有深入的自覺，對歷史抱持重大使命的體認，（註六）這些都不是一個資質平庸的人所能達到的境界。至於他對兒子的種種刻意培養和訓練，及其把持的方向和採用的方法，（註七）更顯出他有不同凡俗的智慧。

司馬遷是在這樣一個家族世系出生的，出生的地點，是在陝西的龍門，位於黃河岸邊。（註八）從出生一直到十歲以前，就在家鄉過著耕牧的生活。（註九）當時若以司馬談掌天官、不治民（註一〇）的身分來看，司馬遷家有些許田產，是不爲過的。他在這種環境裏長到十歲，固然不必下田工作，同時既不在大都會的大宅院裏，偶而和佃農或長工的小孩在田野裏奔馳嬉戲，或者纏著老佣人講故事，大概不能算是太離譜的推論吧？

遺憾的是，司馬遷的母親、祖母、外祖父母到底是怎樣的一個人？我們幾乎一無所知，因此，他得自於遺傳的資質秉賦，我們所能探索的也極爲有限。

一個人不論在那一方面能夠出類拔萃，除了種種客觀環境、個人努力以外，他的秉賦仍然佔著極大的重要性。傳統上對一位較有成就的人的生平介紹，總不外乎「幼穎慧」等字眼，這種一筆帶過的方式，稍嫌籠統含混。至於像劉邦、朱元璋一類的「眞命天子」，傳說中的許許多多神異事跡，只能代表世俗的迷信，更不值得提倡。

人是動物的一種，講得更徹底些，人是生物的一種，由於工具的使用，加上語言文字的發明，文明有了累積，於是逐漸脫離了其他「生物」的混沌世界。人類的聰明智慧遠超過其他動植物，這種成果也是累積了幾十萬年的遺傳、適應和學習才形成的。因爲人類懂得運用複雜的工具，又有語言文字的幫助，於是人類在後天的學習上，能夠把許多知識、經驗累積傳遞下去，這也就是人類要比其他生物易於超越自己的祖先的原因。我雖然很強調後天的學習對一個人的成就所佔的重要性，可是我不抹煞一個人得自遺傳的秉賦、素質。

我們在研究生物的時候，都肯定品種的重要，別忘了我們自己也是生物之一，「品種」對我們一生的成敗，也佔有不容忽視的份量。一個人得自於遺傳的秉賦，大概可分爲三方面：一是體質，如身材、血壓、牙齒等。二是智力，即如一般所謂智商。三是性情，如內向外向、樂觀悲觀等。雖然現代人類的尖端生物醫學，已經開始進窺遺傳工程的奧秘，或許在不久的未來，有本領去改造遺傳基因，在此之前，我們還不得不承認遺傳的秉賦，對於一個人的個性之形成，有相當大的決定成分。

參照司馬遷的出生背景，我們無法證明他天資絕頂聰明，當然也不會認同他是一個天資低劣的人，於是，我們只好做一個最保守的推測，司馬遷得自於遺傳的資賦，是屬於中上層次的。孔子說過：「中人以上，可以語上也；中人以下，不可以語上也。」（註一一）證諸司馬遷的學識成就，及其生命的表現，說他的資質在中人以上，應該是不爲過的，至於他的性情，留待第四節再討論吧！

【附　註】

註　一　〈太史公自序〉記載司馬談臨終前的遺言：「余先周室之太史也，自上世顯功名於虞夏，典天官事，後世中衰，絕於予乎！」

註　二　司馬錯曾爲秦伐蜀，司馬靳曾任白起屬下，參與過長平之戰。並見〈太史公自序〉。

註　三　參見常君實〈司馬遷傳略〉（引自長安出版社印行〈司馬遷－其人及其書〉第一頁）。

註　四　〈論六家要旨〉，抄錄在〈太史公自序〉中，司馬談對各家思想的長短優劣都加以論列，其中只對道家採用褒多貶少的態度，其他各家皆無完全肯定或完全否定的現象。

註　五　司馬談所處時代，稍前於司馬遷，漢代政治、經濟各方面上看來，都呈現出相當富強、龐大的面貌，至於漢武帝因好大喜功，而把富強的積蓄用盡，這種由盛轉衰的危機，他是來不及看到了。

註　六　〈太史公自序〉錄其先父的遺言：「且夫孝始於事親，中於事君，終於立身，揚名於後世，以顯父母，此孝之大者。夫天下稱誦周公，……孔子修舊起廢，論詩書，作春秋，則學者至今則之。……今漢興，海內一統，明主賢君，忠臣死義之士，余爲太史而弗論載，廢天下之史文，余甚懼焉，汝其念哉！」可見他把個人短暫的生命，拉長到在歷史的地位上，一個人必須有相當的智慧，才能達到這種胸懷。

註　七　司馬談將兒子從耕牧的龍門帶到京城，帶他去向孔安國學〈尙書〉，安排他去遊歷大江南北，這些都是在刻意培養、訓練自己的兒子成爲一個有大胸襟大抱負的人，他採用的方式，是知識與經驗並重，這是相當正確高明的方式。他又以孔子第二來期許兒子，要他的兒子站在史官的立場，效法孔子著〈春秋〉的偉大事業，去完成個人對歷史的使命，進而完成自我的生命價值，這是他所把握的正確高明的方向。可參攷李長之〈司馬遷之人格與風格〉第二章與第三章。

註　八　錢穆〈史記地名考〉：「龍門山，今陝西韓城縣東北，黃河西岸，跨山西河津縣界。」見香港龍門書店印行本七四頁。

註　九　〈太史公自序〉：「遷生龍門，耕牧河山之陽。」說是耕牧的生活，倒不一定要司馬遷親自放牧牛羊、下田耕作，而是指其家庭生活背景。

註一〇　〈太史公自序〉：「太史公（指司馬談）既掌天官，不治民，有子曰遷。」此處所謂天官，乃指天文而言，並非官位。

註一一　見〈論語雍也篇〉。

第二節　敎養與訓練

上一節，我曾經花費了相當多的筆墨，去說明一個人從先天遺傳得來的秉賦，對其一生的成敗，具有相當重要的影響力。但是，這種先天「註定」的秉賦，可以說不由我們決定，那麼，我們活著，所能夠做的，也就是後天的培養與訓練了。

先天的秉賦再優越，如果未能善爲培養、訓練，就好像一塊璞石，未經琢磨，顯不出可貴的光采來，如果原本就是一塊質地粗劣的石塊，無論怎麼琢磨，也不可能變成美玉，這是很粗淺的道理，人也是一樣。〈禮記學記〉上說：「敎也者，長善而救其失者也。」敎養和訓練，必先認清對象的本質，也就是他的秉賦，包含其性向、專長、缺點。最有效的培養方法，是順著他的性向，盡量發展他的專長，盡可能補救他的缺點。當然，在培養的過程中，不可忽略了時代的趨勢，社會的需求，以及自己所能擁有或把握的客觀條件。從上述的觀點來看，司馬談對他的兒子所採用的培養與訓練方式，是非常高明的。

司馬談給予兒子純樸、健康的童年，大概也發現了兒子有道家自由放任的性情，（註一一）於是督促他研讀儒家的六藝典籍，以爲補足，便於應付未來的新時代。（註二）藉著漢初廣搜天下遺書，畢集於太史公的有利條件，（註三）他一定不會放過此一良機，要兒子盡己所能地翻閱那些他人不易得見的珍貴檔案、史料。光是聘請孔安國講授〈尚書〉還不夠，一定要兒子大量地閱讀金匱石室裏的圖書。更可貴的是，這位父親有極爲不凡的見解，他認爲一個人要超越讀書求祿的窠臼，因此，他鼓勵兒子利用各種機會旅遊各地。如果是抱著官僚架子去遊歷，走馬看花似地一地又一地巡遊下去，絕對不會有什麼收穫。他要兒子深入民間，對當地的人物、地理、文化都應深入探討，唯有謙虛地訪諸地方遺老，探詢當地的遺聞軼事，才能夠對歷史、社會、人性有更周全、更深刻的體認。

艾略特說過：「閱讀廣博之具有價值，是因爲在受到強大個性一個接一個的影響過程中，我們不致於被任何一種或是少數的個性所支配。極不相同的人生觀相處在我們的心中，互相影響著，而我們自己的個性堅持己見，且以我們獨自的方式給予每個人生觀安排一個位置。」（註四）司馬遷有機會大量地閱讀國家收藏的圖書，正好培養了他開放而客觀的心胸，他能夠尊重每一種不同個性的人物，這也該是寫人物傳記最需要具備的心懷吧？

從耕牧而知民事之艱難；從遊歷而知民情之眞僞；從親師取友而知辨章學術，從吏酷官邪而知政治隆汚，這都是由擴而充之所能達到的邏輯的必然結果。（註五）我們可以從〈史記〉看出司馬遷所描繪的社會，並不局限於王侯將相的宮庭府邸，他所刻畫的人物，個個都是立體的、有生命力的。（註六）他能把捉到歷史與替的微妙、社會結構的龐雜、人際關係之善變、人性內在之衝突，（註七）

這種種才能，除了擁有中上的遺傳秉賦之外，父親有計畫，具遠見的培養與訓練，應該是居功不小了。

【附註】

註一　司馬談自己便有極明顯的道家傾向，他學天官（天文曆法）於唐都，受〈易〉（宇宙之變化）於楊何，習〈道論〉（老莊之人生觀）於黃子，他向上述三人所學的知識，大半偏重於道家的領域。而且，他在〈論六家要旨〉中，對各家都有評其短處，唯獨對道家有長篇的褒揚，却未見明顯的批評。從這兩件事情，可以認定他本身的性情較傾向於道家，兒子因他的遺傳與教養，難免有傾向道家的性情，知子莫若父，我寧可相信司馬談是已看出兒子的性情了。證諸〈汲黯列傳〉反對為征匈奴而勞民傷財，〈貨殖列傳〉反對朝廷與民爭利，都有老莊無為自適的精神。

註二　武帝已開始不像竇太后那麼喜愛黃老思想了，司馬談應已感受到時代的轉變，儒術即將興盛。

註三　〈太史公自序〉：「（談）卒三歲，而遷為太史令，紬史記石室金匱之書。」又：「維我漢繼五帝末流，接三代絕業。周道廢，秦撥去古文，焚滅〈詩〉〈書〉，故明堂石室金匱玉版圖籍散亂。於是漢興，蕭何次律令，……則文學彬彬稍進，〈詩〉〈書〉往往間出矣。自曹參薦蓋公言黃老，而賈生鼂錯明申商，公孫弘以儒顯。百年之間，天下遺文古事靡不畢集太史公。」

註四　引自〈文學理論資料滙編〉上册一八五頁。

註五　參考盧南喬〈司馬遷在中國文化遺產上的偉大貢獻與成就〉。（見〈司馬遷—其人與其書〉八〇頁）

註六　將人物表裏都加以生動的描繪，以顯示一個人的多面性，這種人物才是活生生的。有關司馬遷寫人的技巧及其成就，在第四章第四節有較詳細的論述。

註　七　此即司馬遷寫〔史記〕的一貫主題—究天人之際、通古今之變。第四章第二節有較詳細的討論。

第三節　不平凡的遭遇

世俗常把一個人遭遇的幸與不幸，歸之於命運，如果命運的意思，是指「一個人出生的地點、時間、家庭都不是他自己選擇的」，那麼，這種世俗的觀念，倒是頗有道理。

個性的形成，包含了極複雜的因素，這不是心理學專著，不在這方面做長篇大論的分析，不過，概略地說，凡人的個性，由遺傳因子已經決定了大半，加上生長的環境、受到的教養、以及生平的種種遭遇，塑造成一個人的個性。至於遭遇和個性之間的先後因果關係，也很難定論，因為某一種個性的人，自然會遭遇到某一種事件，倒過來看，遭遇到某些事件，也會影響到一個人的個性。我在這一章裏，把司馬遷的遭遇，放在他的個性前面來探討，並無特殊用意，只是覺得從出生、教養、遭遇的順序，最後對他的個性做一個總結性的敍述，比較方便些。

基本上，我贊成司馬遷在許多篇列傳裏所揭示的主題—個性決定命運。（註一）在西方文學領域中，強調悲劇精神的作家，也常在作品中表達類似的主題。韋勒克和華倫合著的〔文學論〕，曾經在討論文學的類型時，引用了約翰・厄爾斯金在一九二〇年所著〔詩的種類〕中的一句話—「人們的性

格積累成爲他的命運。」（註二）

以世俗的立場來看，司馬遷的遭遇，有幸，也有不幸；若從文學創作的立場來看，他所遭遇的那些幸或不幸，便很難畫分了。例如說，他有一位有遠見的父親，他出生在一個大變動的時代裏、他有機會遍讀朝廷的藏書、他有機會巡遊天下，這些遭遇，使他獲得了高遠的器識、豐富的知識，對他來說，眞是何其幸運！但是由於他生成的耿直個性，在壯盛之年遭到了腐刑之辱，這又是何等的不幸！可是，如果說高官厚祿、生活安逸有礙於思想的敏銳、創作的水準，則李陵一案，帶給司馬遷的痛苦，未嘗不是促成他的創作更上層樓的觸媒，那麼，不幸的李陵案，又變成大幸了！

司馬遷中年以後的遭遇，以李陵一案爲關鍵，因直言而入獄，續之以腐刑之辱，他自己也在〈報任安書〉中表白自己曾有「痛不欲生」的想法。其實這段不幸的遭遇，帶給他的並非物質生活上的困窮，（註三）眞正令他痛苦的是精神上的煎熬！爲什麼朝中百官無人勸阻武帝連年征胡呢？由於武帝好大喜功，將近百年的積蓄耗盡，爲何還有那麼多人去幫他聚斂呢？李陵因誘敵而受圍，大軍誤時而不及救援，爲何無人幫他說話呢？爲什麼講出眞情，反而要招來刑辱呢？這一連串的內心衝突，才是他的苦痛。以他的智慧，以他的見識，以他的良心，他都認爲自己沒有做錯，難怪對於「衆人皆醉我獨醒、衆人皆濁我獨清」的屈原，他會抱著那麼深切的懷念。

在中國古代的政治制度下，一個讀書人安心於讀經、作文，以求科舉入仕，對於統治階層忠心耿耿，不要對時代、社會做出不留情面的批判，除非他遇到昏君的無理舉措，或邪惡小人的惡意迫害，他必定可以安樂一生。至於像孔子、屈原、司馬遷之輩，卻不能壓抑其「知其不可而爲之」（註四）的個性，於是孔子厄於陳蔡、屈原投江自沉、司馬遷下獄受腐刑，官途上他們都失敗了，但是他們在文化上的地位卻如日月在天。

在中國幾千年漫長的文學史上，從事寫作文章的人不知有幾千萬，至於其作品爲後人傳誦、其美名爲後人牢記的卻不過數十人，雖然他們的風格不同，但是，他們都有共同的遭遇。由於他們的耿介個性，率眞態度，在現實社會中多半會遭遇到挫折，在古代讀書人唯一的出路——爲官這一條路上，自然就無法順遂如意了。如果一個原本頗富才氣的文人，在官運上亨通順暢、生活安逸，其創作才華反而很快枯竭。江淹出身貧窮，本以文章聞名，等到在梁朝官至金紫光祿大夫，被封爲醴陵侯，富貴榮華都有了，怎奈文思從此衰退，當年的「江郎」，只有自嘆「才盡」了。

爲什麼功名利祿、富貴榮華會令創作才華枯竭呢？因爲好的作品，必須反映人生，必須紀錄時代的眞面目。假如寫作的人身居要津，則必忙於公務、疲於應酬，聽到的是一些虛浮的客套話、看見的是別人安排設計過的場面，他已沒有時間，也沒有心情去思索深沈的人生問題，他已經和創作的泉源——眞實樸拙的人和事脫節，就算勉強寫出來，也只剩下華麗的辭藻，難有振撼人心的內容了。至於文字的雕琢、聲律的安排、句式的排比、典故的堆砌，倒是不必對人生社會有什麼深入的體認，所以，在文學作品中，如果以形式取勝的文體，其作者倒不必有什麼不幸的遭遇，這是我們需要瞭解的一小部分「例外」。

司馬遷一生的遭遇，不論在世俗的立場上所謂的幸或不幸，都被他充分地加以利用，反而變成了他在創作上所以偉大的因緣，有時，我不禁要感歎地說道：「作者的不幸正是讀者的大幸。」（註五）

【附註】

註一 〈李斯列傳〉，可以說是一個最完整的例子。司馬遷先利用一段插曲，做爲伏筆，講他在厠所和倉庫所看到的老鼠怎麽不同，因而頓悟「詬莫大於卑賤，悲莫甚於窮困。」從此記述他爲追求富貴而努力，後來終於當上了秦始皇的宰相，替始皇帝立下了無比的功績，這些事迹可以證明李斯的確有出衆的才幹。等到始皇崩殂，內臣趙高想要爭取權位，他看透了李斯「追求富貴、畏懼貧困」的個性，遂逼得他附和。最後，李斯受趙高之誣陷，終遭腰斬咸陽市的命運。李斯的一生，可以說都是「悲莫甚於窮困」一念鑄成的，〈李斯列傳〉充分把握了這個主題。另外如〈淮陰侯列傳〉、〈李將軍列傳〉，都是以揭示「個性決定命運」爲主題。

註二 參見志文出版社出版，王夢鷗、許國衡合譯的〈文學論〉第三八二頁。

註三 司馬遷出獄後，升任中書謁者令，朝中一切詔奏機密都要經過他的手，就權位來說，比太史令還要尊寵，因此，在利祿上，他並不困窮。

註四 出自〈論語憲問篇〉，原係石門掌城門者形容孔子之語，屈原對楚王之諫諍、司馬遷在武帝前爲李陵辯，都是「知其不可而爲之」的耿介行爲。

註五 作者的不幸，是指他在現實生活上遭遇的不順，那是由於作家個性所使然，可以說是很難避免的必然現象。讀者的幸運，是指讀者可以讀到作者以血淚、生命創作出來的偉大作品。

第四節　司馬遷的個性

因爲在漢代以前，純粹的文學，尚無獨立的地位，所以，既使像司馬遷寫出的〈史記〉，那麼富於文學技巧，他却仍然被當作史學家看待，又因他對六藝的瞭解與重視，也有人把他當作聖哲看待，（註一）若要稱他爲作家，恐怕還會引起許多人的反駁。這一節，我想討論四方面的問題，一、研究作品，須先瞭解作者。二、司馬遷在情感上是一個多情敏感的人，比較像一個藝術家。三、司馬遷在理智上，自有其崇敬效法的先賢，這些人對他的影響僅次於其父親。四、司馬遷的個性有悲劇成分在內，這是他顯得獨特的地方。透過上述四個步驟，我期望能夠推論出下面一個論點—從個性上看，司馬遷是一個天生的作家。

一、研究作品，須先瞭解作者

藝術作品最顯而易見的元素，便是它的創作者，因此，對於作家個性和生活的說明，便成爲一種最古老和最完備的文學研究方法。（註二）文學研究的初步工作，便是作家研究，我們研究作家的生平，主要想探知他的感情、思想，藉此來發掘他的寫作動機。（註三）當文學批評工作者，在對作品加以分析研究，指出它的美在那裏？它給了讀者什麼意義？這是從讀者的立場來批評作品；另有一種方式，是站在作家的立場，分析他的價值觀，探索他的個性風格，並向讀者指出作者用了什麼主題，採行何處技巧，以完成那部著作，（註四）這兩方面的研究方法，都是文學研究所不可缺的辦法。

有人主張，純粹站在藝術欣賞的立場，去看作品，不必去管他作者是誰？就像我們在欣賞一張圖畫，或聽一首曲子時一樣，美就是美，何必管他作者是誰？的確，直覺式的欣賞，是可以不必去考慮作者的，但是，如果我們想知道一部偉大的作品是如何完成的？這件作品和它的背景文化有何關連？整個文藝思潮是怎樣一個來龍去脈？為了這種認知教學上的需要，則對某一個作家心理及創作過程的研究，是有必要的。（註五）

個性一詞，出現在文學理論的文章裏，其語意當然不如心理學專著中的定義明確，大抵上它包含了感情上的好惡，對人生價值的理智取捨。成功的作品，有其普遍性，也有其獨特的「個性」，就像作家一樣，他有生為人的普遍性，也有其與人不同的「個性」。（註六）普遍性，提供了我們有研究的可能，個性使研究工作變得更有趣味。

一個人的個性，本來具有其複雜的一面，有時表裏之間不免有微妙的矛盾或差異存在，因此，在分析一個作家的個性時，宜就其比較一貫性，可以理解的一面來觀察，應當避免「想當然爾」的主觀心態，去做大膽的臆測。

二、他是一個多情敏感的人

司馬遷在十歲以後，便長期受到父親有計畫的培養和訓練，這種培養和訓練，當然是偏重在理智抉擇的一方面，至於他的感情生活呢？恐怕多半得自於遺傳的道家傾向——自然、率眞、浪漫。當然，上述這種論點，必須站在相當的證據上，才有意義。我認爲要證明司馬遷的多情、敏感，可以採用三方面來說明：㈠、在他寫的史記許多序、贊語上，常出現「垂涕」、「廢書而歎」的字眼；㈡、他在行文當中，雖然盡量保持理性、負責的態度，但是仍不免常常露出情緒性的怨歎來；（註七）㈢、在實際生活中，尤其是與人相交的過程，也常顯露其多情的一面。現在分述如下：

㈠爲歷史人物垂涕悲歎

「太史公讀春秋曆譜諜，至周厲王，未嘗不廢書而歎也！」此歎，蓋爲周室之衰也，見（十二諸侯年表序）。

「余讀孟子書，至梁惠王問何以利吾國，未嘗不廢書而歎也！」此爲君臣言利輕義而歎，見（孟荀列傳）。

「余讀功令，至於廣厲學官之路，未嘗不廢書而歎也！」此蓋爲學術與利祿結合而歎也，見（儒林列傳）。

上述三例，可見司馬遷在讀書時，經常爲有所感，而將書放下，仰頭長歎，長歎之後，緊接著必是深沉的思索，然後將自己所思所慮陳述出來，以啓後人之思辨。一個感情遲鈍、自私自利的人，絕不會爲了天下事而感歎，要歎只歎個人的機運，這是司馬遷比一般人多情敏感的證明。

「余每讀〈虞書〉，至於君臣相敕，維是幾安，而股肱不良，萬事墮壞，未嘗不流涕也！」〈註八〉司馬遷懷念堯舜時代君臣和樂相勸勉的狀況，比之於武帝時重用酷吏，嗜殺大臣〈註九〉的情形，加之以自身直言受辱的遭遇，怎能不流涕！

「余讀〈離騷〉〈天問〉、〈招魂〉、〈哀郢〉，悲其志。適長沙，觀屈原所自沈淵，未嘗不垂涕，想見其爲人。及見賈生弔之，又怪屈原以彼其材，游諸侯，何國不容？而自令若是。讀〈鵩鳥賦〉，同死生，輕去就，又爽然自失矣。」〈註一〇〉屈原、賈誼二人，材足以佐諸侯，志節足以輕利祿，他們的下場都很悲慘，司馬遷的遭遇不也是如此的嗎？想到他們「自令若是」，眞是「怪」他們何苦來哉！可是這正是一個堅守志節的人無可避免的結局啊，想到此處，不禁悵然若失，這也是個人對時代的一種無奈吧？這二則事例，又可以證明司馬遷多情敏感的一面。

㈡文筆常露出情感

曾國藩〈聖哲畫像記〉：「惟莊周、司馬遷、柳宗元三者，傷悼不遇，怨悱形於簡册，其於聖賢自得之樂，稍違異矣，然彼自惜不世之才，非夫無實而汲汲時名者比也。」司馬遷撰寫〈史記〉，抱著理智的態度，以負責的心態去下筆，這是受孔子著〈春秋〉的嚴肅使命感所啓廸，對於孔子所言「知之爲知之，不知爲不知」的原則，他是不會忘記的。〈註一一〉不過，在數十萬「一家之言」〈註一二〉中，正如曾國藩所說，不免有怨悱之情存焉。我認爲這也是人的通性，平日信守理性原則以爲人處事，這是常態。生活中偶爾發出情緒性的牢騷和怨歎，也是人情之常，聖如孔子，不也曾自歎「

莫我知也夫」（註一三）嗎？司馬遷不自禁地在行文中，表露出其眞情，這正是藝術家不同於科學家，作家不同於學者之處。從這種角度來看他，則更證明除了淵博的學識、深遠的思慮之外，他尚能在文筆風格上表現出豐富的情感，這才更富於人性，更能引起讀者心靈的共鳴啊！

㈢與人交而誠摯相待

在與人交遊的實際生活中，也可以看出司馬遷多情的一面，比較明顯的例子，可以拿任安、李陵作代表。

任安，在征和二年，太子之變中，和田仁一起被腰斬。任安其實是一個很有氣節的人，他本來在大將軍衞青的門下，後來衞青的勢力漸漸爲霍去病取代了，當時有許多人都棄衞就霍，只有任安不屑。（註一四）人說物以類聚，他們兩人聲氣相投，以知音相待的情感，在司馬遷〈報任安書〉中，句句可證。（註一五）

李陵是飛將軍李廣的孫子，他長於騎射、謙和而仁愛，頗有乃祖之風。司馬遷和李陵並不熟，只是私下仰慕而已。（註一六）李陵案發生，在武帝朝中，竟無人爲李陵說話，個個懾於武帝的臉色，而採明哲保身式的沈默，司馬遷多情的個性，按捺不住了，於是毅然爲李陵辯白，甚至因此而招來腐刑之辱。爲李陵辯白，可以說是一種勇氣，但是這種勇氣，實在是出於愛才，而愛才不正是多情的一種表現嗎？這種愛多麼無私！

三、他對先賢極爲仰慕

一個人一生追求的目標，常受他的價值觀所左右，由於他的價值觀，使他對某些合於這種價值的人物，產生敬仰、羡慕的心理，於是，他的一生，往往以那些仰慕的對象做爲楷模，自動向他學習、努力以赴。這種現象，正如中國人說的「尚友古人」，也就是近人林毓生所說的心甘情願的權威（charismatic authority）。（註一七）

司馬遷所愛的人物很多，伯夷叔齊的清高、項羽的神勇、韓信、李廣的奇才他都深愛著，但是既愛又敬，而眞正成爲他心目中的「權威」者，影響他一生的人物，大概可以孔子、屈原兩人爲代表。若將兩人再做分類，可以說孔子是他理智世界的仰慕者，屈原是他情感世界的追隨者。

〈史記〉〈孔子世家〉太史公曰：「〈詩〉有之，高山仰止，景行行止。雖不能至，然心嚮往之。余讀孔氏書，想見其爲人。適魯，觀仲尼廟堂車服禮器，諸生以時習禮其家，余祇廻留之，不能去云。天下君王，至于賢人，衆矣，當時則榮，沒則已焉。孔子布衣，傳十餘世，學者宗之，自天子王侯，中國言六藝者，折中於夫子，可謂至聖矣！」司馬遷把孔子看成高不可及的大山，雖然自知不可能及得上，內心却極爲嚮往。讀孔子之書，想像其爲人，尚感不足，親至孔子家鄉，徘徊於當年孔子講學之所，不忍離去。對於孔子以布衣的身分，而成爲中國文化的集大成者，感到非常敬佩，甚至推崇爲至聖。孔子的爲人，孔子的成就，是司馬遷深深仰慕的。由於司馬遷的父親是太史，他自己又將繼承這個官職，於是對孔子著〈春秋〉的旨意，最爲瞭解，在〈太史公自序〉裏，與壺遂的對話，一再以孔子著〈春秋〉爲中心。他引其父的話「自周公卒五百歲而有孔子，孔子卒後至於今五百歲，（註一八）有能紹明世，正〈易〉傳、繼〈春秋〉，本〈詩〉〈書〉〈禮〉〈樂〉之際，意在斯乎，意在斯乎！」他儼然決心承繼孔子的志業，自謂「何敢讓焉！」

至於司馬遷整部〈史記〉中，直接或間接引用孔子的話語，眞是不勝枚擧。（註一九）司馬遷的反功利精神，不以成敗論英雄的態度，（註二〇）都是和孔子的精神相契合之處。不過，他們兩人畢竟有些不同之處，孔子雖然明知現實的不可爲，却仍然堅持自己的主張，求其在我，甚至坦然地收斂自我，平靜下來；司馬遷則站在反抗的地位，平靜不下，於是出之以憤慨和抒情，奔放自我，（註二一）這就令人不由得要想到另一位對他影響極大的人物屈原了。

屈原生在楚懷王朝，其人「博聞彊志，明於治亂，嫺於辭令。」「正道直行，竭忠盡智，以事其君。」奈何懷王不知人，加以讒人間之，於是「信而見疑，忠而被謗，能無怨乎！」（註二二）對於一個學問廣博，明於治亂，而有志節的人，司馬遷是很敬佩的，至於他忠直而受謗，有才而被疏，司馬遷也是非常同情諒解的，所以對於屈原因怨而作〈離騷〉，並不加責，反而加一句「能無怨乎！」只要有血性、有熱情的人，遇上這種朝政，能不生怨嗎？司馬遷自己的遭遇，和屈原極爲相似，他也曾有怨，怨朝中無人肯爲李陵說話、怨武帝的猜忌殘酷、更怨自己缺乏財富去關說、怨所交往無權貴之人可爲自己開脫……。（註二三）司馬遷和屈原相似之處，不只是遭遇的不平，不只是內心的怨憤，更令人深思歎惋的是，他們雖然爲自己的不平抱怨，却不肯改變自己的人格，混水摸魚。所以，他們兩人在現實社會中的不幸遭遇，其實是個性所使然，是無可避免的結局。

若把孔子、屈原和司馬遷三人的遭遇，做一比較，孔子厄於陳蔡、屈原放逐、司馬遷受腐刑，可以說都是相當不幸的下場，這種下場，也是他們自找的。孔子「知其不可而爲之」不肯妥協；屈原寧可在皆醉的衆人中保持清醒，在汚濁的環境中保持清白。不肯妥協，你便不容於人，保持清醒你便比別人痛苦。在現實社會中，孔子和屈原這種個性，是註定無法過著安逸舒適的日子的，司馬遷却偏偏看中這二人，甚至向他們看齊，於是他也只有走上那條辛苦艱鉅的道路了，這三人，可以說都是悲劇英雄的典型。（註二四）

四、司馬遷的悲劇精神

〈史記〉一書，共一百三十篇，其中〈項羽本紀〉是爲讀者最喜愛的一篇。凡是讀過〈史記〉者，不論他贊成不贊成項羽的個性爲人，對於司馬遷筆下的項羽，總是印象鮮明而且深刻，可以說很難忘懷。項羽在司馬遷的筆下復活了，透過司馬遷的文學技巧，項羽的一生，充滿了悲劇意識，或許這正是〈項羽本紀〉令人喜愛的主要原因吧！

何謂悲劇？一個人的遭遇很悲苦，一則故事的情節很悲哀，一齣戲劇很能賺人眼淚，都不能算是悲劇。在我們中國，有無數命運乖違、遭遇悲慘的個人，也不乏令人同灑一把情淚的悲哀故事，但是，在文學作品上，稱得上悲劇的委實很少。所以，在這裏談到悲劇，不得不借用到西方從亞里斯多德以降，對悲劇所下的定義。等到我把西方的哲學、心理學、文學家對悲劇所下的定義，作一概要的敍述後，我們將發現司馬遷本人，頗具悲劇精神，〈項羽本紀〉也非常符合悲劇作品的要求。

亞里斯多德說：「悲劇是對一個嚴肅行爲的模仿，它是戲劇性的，而非敍述性的，它能引起人的憐憫與恐怖，但是作者利用細節使憐憫和恐怖淨化。」（註二五）

雅斯培說：「悲劇是普遍的，並不特殊。它是發問，而非接受；是控訴而非悲歎。」（註二六）

近人柯慶明在其〈境界的探求〉一書中，對於悲劇英雄有很詳盡的描述，其中一段可以說頗爲扼要地點明了悲劇的個性。他說：「對於人生的種種矛盾、衝突、無奈等困境，有覺知，而不逃避，不走捷徑，不尋求輕易的解決（如自殺、發瘋、放棄、迷信等。），仍力求充分完整地生活。」（註二七）

近人朱光潛在〈文藝心理學〉中，引用亞里斯多德對悲劇的闡釋，謂「悲劇能發洩人類的鬱悶，爲之同聲一哭。作者透過藝術的手腕，使欣賞者消除痛感。」（註二八）

上述所引，多是西方人對悲劇的解釋，範圍限制在戲劇作品上，我們所需注意的是，悲劇作品必須以悲劇英雄爲重心。情節的悲哀，或結局的不圓滿，並非悲劇的主要生命，重要的是悲劇英雄的特殊性情，和他所從事之奮鬥的特殊價値。悲劇英雄基本上都是勇者，他們具有一種承擔苦難，並且在苦難中提昇的知覺。他們在苦難中，超越了個人自身利害的考慮，進而尋求自己行進的道路，因而也

爲世界尋出一些可以遵循的準則，這正是由於他們具有強烈的自我完成的意願。（註二九）

我們應該從那些悲劇作品裏出現的人物中，尋找出一些悲劇英雄的某些共同特性，把「悲劇精神」從悲劇作品中抽出來。我不打算硬把中國的某些作品，套上西方的定義之框中，我只想從西方對悲劇的闡釋，找出悲劇精神，然後探索司馬遷個人，及其作品有多少這種悲劇精神的內涵，其實，名詞已經不很重要。

下面，我將悲劇英雄的特色，（註三〇）簡要地分條列述出來：

㈠他的生命力旺盛，才智、氣力遠超過常人。
㈡他自認爲是世界的主宰者，不視服從時俗、規範爲美德。
㈢遇到挫折，絕不妥協、絕不放棄。
㈣他不肯獨善其身而已。
㈤他言行一致。
㈥他不能忍受平庸的生命。
㈦他對於生命中的許多無可奈何，有相當的認知。
㈧對於自己的命運，絕對自主，不肯受人安排，寧死不屈。
㈨他是一個行動者，不是一個靜觀者。
㈩他有強烈的奉獻之愛心。

(十一)他的有形生命之結局，看似不幸，却具有一種光輝、一種莊嚴。

(十二)他有強烈的自我完成意願。

司馬遷在理智上，由於對歷史的瞭解，使他承認客觀情勢力量之龐大；但是在感情上，他又同情那些與這種客觀力量作無效的抵抗的英雄，因此，他的許多人物傳紀，都能發揮這種悲劇意識。（註三一）例如，在他筆下的項羽，就很明顯地符合了上述悲劇英雄特性中的(一)、(二)、(三)、(五)、(六)、(八)、(九)、(十一)。至於司馬遷自己呢？沒有具體事實可作印證的，我們不提，下面我們試著來看看他有那些悲劇英雄的個性：

他遍讀金匱石室之書，他走遍中國大半的土地，他以個人的力量去完成體制、思想、文筆皆爲後人推崇的巨著，可見他符合特性中的(一)、(九)。

他生長在一代英主漢武帝的時代，但是他對武帝的征匈奴、行平準、用酷吏不滿，他對於政治中央集權化，學術思想統一化都不表贊同，他不肯用賦去歌頌漢室，可見他符合特性中的(二)、(五)、(九)。

他身受腐刑之辱，却不自殺，朝廷雖然將他升任謁者令，就祿位而言，比前更受尊寵，可是，他並不因此而改變心志。他之所以隱忍苟活，是因「恨私心有所不盡，鄙陋沒世，而文彩不表於後世也」從此可證他符合特性中的(三)、(六)、(八)、(十二)。

李陵案發，一朝之人一改平日稱讚李陵之嘴臉，皆不肯發一言，司馬遷乃挺身爲李陵說話，實際上他和李陵並無深交，他大可明哲保身，不管他人瓦上霜。這件事情，又證明他符合特性中的(四)、(五)、

㈩。

他筆下的許多各類型人物，其一生的曲曲折折，無非個人生命的旅程，冥冥中有其必然性（像項羽、李廣、李斯、韓信。）這種對生命的無可抗拒的運命之認知，司馬遷是深深體會到的。從這裏，我們又可以看出他符合特性中的㈦。

至於在有形的生命中，他身受腐刑，看似不幸，但是他的器識、品性、文學才華，在中國歷史上閃閃發光，這一點足夠證明他很符合悲劇英雄特性中的(十一)項。

他在〈悲士不遇賦〉中自歎「好生惡死，才之鄙也；好貴夷賤，哲之亂也。」從此可以看出他不甘於隨俗浮沈，此種心態符合了上述第㈡、㈥兩項。

班固〈漢書司馬遷傳〉贊曰：「嗚呼！以遷之博物洽聞，而不能以知自全，既陷極刑，幽而發憤，書亦信矣，跡其所以自傷悼，〈小雅〉巷伯之倫，夫唯〈大雅〉『既明且哲，能保其身』，難矣哉！」其實最能明哲保身，莫如叔孫通了，這個人却是司馬遷最不欣賞的人物，班固實在尚未瞭解司馬遷隱藏著悲劇人物的特性，如上述第㈣、㈩兩項。

對於悲劇來說，致命的不是邪惡，而是軟弱。悲劇人物的遭難，在一定程度上是咎由自取，比悲劇人物品格更完美的人，就不會遭受這樣的災難。（註三二）司馬遷和孔子、屈原都有「知其不可而爲之」的個性，他們三人都絕無軟弱的表現，當然，他們也不邪惡，若要論及品格的完美，恐怕屈原和司馬遷都不如孔子，因此，屈原和司馬遷所表現的悲劇氣氛，又超過了孔子。

心理學家說：「勇氣乃是不願絕望而勇往直前的能力。」（註三三）如果苦難落在一個生性懦弱的人身上，他逆來順受地接受了苦難，那就不是眞正的悲劇。悲劇全在於對災難的反抗，陷入命運羅網中的悲劇人物，奮力掙扎，即使他努力仍不能成功，但在心中總有一種反抗。（註三四）當獎善罰惡的神或天道不存在或不確定時，人類只有成爲自己的立法者。於是，悲劇英雄英勇地爲自己立法，以果敢的行動來表現這些自訂的律令與原則，爲了成就自己爲一個有所持守、有所執著的人格，甚至不惜付出犧牲性命的代價。（註三五）

結語

透過良好的敎養與訓練，司馬遷的秉賦資質得到了充分的發展，形成了他的學養和個性，又因處在那個大變動的時代裏，他勢必會有他的反應，由於那種反應，令他遭到一些必然的災難，這些遭遇又回過頭來，增成了他的學養和個性。

他的學養，使他完成一部體大思精的巨構—（史記），那是學術上（包含史學與文學）的成就；他的個性，使他這部作品不論在史學上或文學上，都放射出了獨特的光芒。他的個性，有耿介、多情、敏感的一面，但是，我特別突顯他的個性中的悲劇傾向，一因在中國歷史上，這種人物極其難得，値得表揚；二因這種傾向，使得（史記）中某些人物如屈原、項羽、李廣的傳記寫得如彼精采，變成了一件可以解釋的事情，也使得司馬遷在藝術領域裏，始終站立在一個極其突出的位置上。

【附　註】

註一　曾國藩在〈聖哲畫像記〉中，列述三十二位聖哲，司馬遷是其中之一。

註二　參見志文版〈文學論〉一一五頁。

註三　參見李辰冬〈文學欣賞的新途徑〉三民書局出版四一頁。

註四　參見劉若愚著，杜國清譯〈中國文學理論〉聯經出版第二一一頁。

註五　參見志文版〈文學論〉一二五頁。

註六　同前註第二六頁。

註七　曾國藩〈聖哲畫像記〉：「惟莊周、司馬遷、柳宗元三者，傷悼不遇，怨悱形於簡冊。其於聖賢自得之樂，稍違異矣。」

註八　見〈史記樂書〉。

註九　文帝、景帝，名爲和善仁慈，其實不然，〈資治通鑑〉卷十五謂文帝「外有輕刑之名，內實殺人。」至於景帝，重用郅都、甯成等酷吏，把忠臣如鼂錯、周亞夫都逼死了。武帝在位期間，從竇嬰到車千秋，一共用過十二位丞相，其中竇嬰棄市於渭城，公孫賀、趙周下獄而死，劉屈氂腰斬，李蔡、莊青翟因罪自殺，計十二位丞相中不得善終的有六位，可見武帝嗜殺大臣之一斑。此則參見〈兩漢思想史〉卷一第二二五頁。

註一〇　見〈史記屈原賈生列傳〉。

註一一　如其所著〈史記〉，斷自黃帝始，上古傳說，不足採信，只得存缺，即是一例。〈老子韓非列傳〉：「蓋老子百有六十餘歲，或言二百餘歲，……或曰儋即老子，或曰非也，世莫知其然否。」有關老子的傳說頗富神奇色彩，因此司馬遷在行文時，用「蓋」、「或曰」以表明非絕對可靠，僅係傳說而已，此亦足證明他撰史的審愼態度。又〈高祖功臣侯者年表〉序：「於是謹其終始，表見其文，頗有不盡本末，著其明，疑者闕之。」此亦孔子所謂「史之闕文」的態度。

註一二　據〈自序〉，〈史記〉共五十二萬六千五百字，其中或有其父遺下之文稿，及部分後人之補缺，然大抵乃司馬遷一人之獨立制作。

註一三　見〈論語憲問篇〉。

註一四　參見〈史記衛將軍驃騎列傳〉。

註一五　關於李陵案的原委、自己的理想抱負，以及隱忍苟活的矛盾心情，司馬遷都在〈報任安書〉中細述詳陳，明知這種複雜的寃屈，「未易一二爲俗人言也」，只能「爲智者道」，他不願向俗人述說，却肯詳細地向任安表白，可見兩人的相知很深。

註一六　〈昭明文選〉錄〈報任少卿書〉：「僕與李陵俱居門下，素非能相善也，趣舍異路。未嘗銜盃酒，接殷勤之餘懽。然僕觀其爲人，自守奇士。事親孝，與士信，臨財廉，取與異，分別有讓，恭儉下人，常思奮不顧身，以徇國家之急，其素所蓄積也，僕以爲有國士之風。」

註一七　原爲林毓生應中國時報主辦「挑戰與突破」一系列演講之一，題目爲〈論自由與權威的關係〉，後收入聯經出版

（思想與人物）論文集中。

註一八　見（史記太史公自序），依實際年代算，孔子生於紀元前五五一年，司馬談卒於紀元前一一〇年，其間計四百四十年，此言五百歲，乃舉成數而言也。

註一九　李長之（司馬遷之人格與風格）開明版四五頁有詳列，可以參考。

註二〇　司馬遷將項羽列入本紀，孔子、陳涉列入世家，即爲最明顯的例證。

註二一　見（司馬遷之人格與風格）五三頁。

註二二　所引皆見（史記屈原賈生列傳）。

註二三　司馬遷（報任少卿書）：「家貧，貨賂不足以自贖，交遊莫救，左右親近不爲一言。」

註二四　聯經出版柯慶明著（境界的探求）第三一頁，（論悲劇英雄）有相同的論點，可參攷。

註二五　見仰哲出版（古希臘羅馬哲學資料選集）三四四頁。

註二六　見Karl Jaspers 著，葉頌姿譯，巨流出版（悲劇之超越）一〇〇頁。

註二七　見（境界的探求）六五頁。

註二八　見朱光潛（文藝心理學）漢京版三二四頁。

註二九　參見柯慶明（境界的探求）四一、四三頁。

註三〇　所列十二項，大部分參考（境界的探求），加以歸納整理。

註三一　孔子、孟子、荀子生在諸侯追求功利、極謀富國彊兵的時代，要就學蘇秦、張儀去迎合諸侯，不然就學長沮、桀溺隱於田野。但是，他們不肯獨善其身，又不能向形勢低頭妥協，他們在現實利益上，固然一無所得，但是他們堅持自己的理念，對時勢作「無效的反抗」，其精神是令司馬遷感動敬佩的，其間充滿了悲劇的意識。

註三二　參考朱光潛〈悲劇心理學〉四頁。

註三三　引自王溢嘉譯〈創造的勇氣〉四頁。

註三四　〈史記伯夷列傳〉：「或曰天道無親，常與善人，若伯夷、叔齊可謂善人者，非耶？積仁絜行如此而餓死，……余甚惑焉，儻所謂天道，是邪？非邪？」此卽對所謂天理、天道的質疑與抗議。又朱光潛〈悲劇心理學〉所引斯馬特所言，亦與此意相同。（見二〇八頁）

註三五　參見柯慶明〈文學美綜論〉一五七頁。

第三章　司馬遷的創作意識

創造一件藝術品，是一件極費心血的事，又不能裨益實際生活，許多藝術家都以窮困終其一生，何以追求藝術之創作的人，仍然代有人出呢？

中外古今的學者對於作家在創作時的心態，有許多種說法，心理學家佛洛伊德認爲創作是人類受了壓抑的慾望，在另一個象徵世界中求得滿足，創作和夢有相同的功能。（註一）另一位心理學者阿德勒（Adler）則認爲創作是一種補償，在人類自覺某方面有缺陷時，便想在另一方面勝過他人，以求得補償。（註二）日本人厨川白村，則認爲創作乃由於苦悶，內心的苦悶，需求昇華，發洩，於是有了創作。（註三）朱光潛謂藝術家心中都有不得不說的苦楚，如果可以不說而勉強尋話說，那只是無病呻吟，不是創作。（註四）

上述各家的立論，各有所持，佛洛依德、阿德勒是心理學家，總不自覺地把藝術創作者當作病犯來看，難免產生偏狹的說法，若拿人本心理學家馬斯洛等人的學說來看，又何嘗不可以說藝術創作是一種「完成自我」的高層次心理需求呢？至於厨川是一個文藝理論家，朱光潛是一個美學理論家，兩人都是透過文藝理論，作理性的分析推論，當然也能提出一得之見。

司馬遷花費了數十年的歲月，爲整理、收集、撰寫史記而活，他實地埋入創作的工作近二十年，其間的心路歷程，想當然非我們局外人（何況時空相隔甚遠）所能完全瞭解。他自己在〈報任安書〉及〈太史公自序〉中，都曾詳述其寫作的動機，他的看法又和上述諸人不同，因爲他是以創作者本身的經驗來立論的。那些學者，以冷靜、理性的態度高談濶論；司馬遷則是憑著自己實際的體驗，用心靈來表白的。我相信一個人的心智活動是相當複雜的，作家肯於費盡心血去走上藝術創作的艱苦路途，不可能只如學者所提出的一二理由而已。

對於個人而言，除非是立意行爲，否則不可能有道德行爲，除非一個人有意盡責，否則不可能盡到他的職責。（註五）對於一個作家來說，有時，創作就像一個罪犯在犯罪時的感覺一樣，（註六）面對這樣微妙的意識活動，當我們要去探索它時，自然是不敢輕率爲之的。

我們在事隔兩千年以後的今天，想追索司馬遷創作〈史記〉的內在意識，顯然地面臨了幾重困難，到底我們不是司馬遷的親友，當然也不是他本人，對於他內心的世界，不可能十分透視，這是主觀上的限制。雖然我承認上述主、客觀上的限制，但是，我相信透過現存的有限資料、借助我們今日習得的各種科學方法（包括歷史、心理、經濟、文學批評等），再加上個人心靈上的體驗，（註七）來對我們祖先中的一位了不起的作家，作一些認識、瞭解的工作，是一件有意義的事情。我想，人類的各項知識、經驗的累積演進，絕大部分都是透過這種方式達成的。

精神分析學派一直想找出存在於個人心中，然後將之投射於作品之上的某種情結，或企圖從畫布及詩篇中找出藝術家早年經驗的轉型痕跡。當然，個人的早年經驗，在決定他與世界產生交會的方式上（即他對世界的感應），有極重要的關係，但是並不能解釋交會本身（他與世界交會的實際過程）。（註八）司馬遷的生平、教養、抱負、以及父親的遺言，可以說是他創作的心理背景，至於他與客體世界的交會實情又是如何呢？觀看檔案中的各種史料、閱讀過許多典籍、周遊各地所見的風土人情、在朝廷中的見聞、以及李陵案的打擊、獄中的冥想，這一切勢必使他對人生、歷史、宇宙有一種全新的闡釋。

有時，我不禁替他設想：在下獄受辱之後，要不要把未完成的〈史記〉（當然那時的書名不是如此）繼續寫下去？要！我的生命還沒有完成，怎能放棄！我會不會受私怨的影響而失去著史的公正心？我要謹愼小心，盡量從多面性的角度來看人物、評事情。一般人以爲我是將個人的怨憤形諸史册，說它是謗書，（註九）怎麼辦？唉，這種心志，只可爲智者道，難爲俗人言也，只有等待後人的評判了。

前面提到「有限的資料」，是指過去我們的傳統文學並不發達，所能採用的資料，大半來自史書的本傳，他本人與親友間來往的書信，以及死後別人所寫的墓誌銘。至於散見在同時代人的書信、筆記、著述中的零星資料，更不易搜集。傳統史書上的本傳，通常極簡略地追述他的祖先，接著形容他如何聰穎有才氣，然後是一大段仕途上的升降紀錄，談到他的思想、文風，則習慣性地用四字成語概述。再者，基於中國人的恕道精神，不論是本傳或其墓誌銘，都只追述他生前可敬可佩的一面，至於他的缺失弱點，多半不提。因此，上述算是比較可靠的第一手資料，都有所欠缺，那就遑論其他了。

今日要追索司馬遷在創作〈史記〉時的內在意識，可以採用的第一手資料，不外司馬遷寫給任少卿的信、〈太史公書自序〉、〈漢書司馬遷傳〉，當然，〈史記〉一書，也是很有價值的參考資料。理解一部作品，不是僅僅用問題去砲轟它，而是要理解作品對讀者提出的問題。（註一〇）我們必須理解〈史記〉背後的問題，因爲，是這些問題使〈史記〉產生。至於後人對司馬遷的研究心得，也是參考的資料。

除此之外，還不可免地會加上我個人對歷史、文學的認知，以及對司馬遷的尊敬和喜愛。這裏我要借用到詮釋學（Hermeneutics）的理念。我要先肯定：作品和詮釋的結合，是克服了作品與讀者的歷史隔閡。詮釋不是語言學重建的分類工作，它要求詮釋者賦予作品今日的意義，並要求詮釋者爲他自己的識域（horizon）和作品的識域之間的歷史隔閡，搭起連接的橋樑。（註一一）

我們不要忘了，文學作品根本不是我們可以隨意操縱的客體，它是人類在過去發出的聲音，我們必須使其生命復甦。透過對話，不是解剖，才能打開文學作品的世界。無關心的客觀性，並不適合文學作品的了解。假如人們想走進一首偉大的抒情詩、小說或戲劇的生活世界，他必須冒他個人世界的險。（註一二）

我也警覺到，個人的價值觀所可能造成的主觀偏差，這恐怕是文學、藝術所無法完全避開的問題吧？我祈求自己在做這件工作時，能夠入乎其中，然後出乎其外。我不願意對自己敬愛的一個人，做虛僞的誇飾，當然我也不願意自己仰慕的對象眞正偉大之處被埋沒了。

過去，提到司馬遷撰述〈史記〉的動機，大多側重在秉承其父遺志、心有鬱積欲發憤述作等較消極的層次上，這一章，我想作較廣泛而深入的探討，分七節來敍述。

【附註】

註一 參考允晨出版〈心理分析之父—佛洛伊德〉一三四、一三七頁。

註二 同上。

註三 大意謂人有極強烈之生命力，但是在現實生活中，難免受到壓抑、阻礙，遂產生苦悶，此種苦悶，唯有透過可以自由支配的藝術創作，求得昇華。參考厨川白村〈苦悶的象徵〉第一章創作論。

註四 見朱光潛〈文藝心理學〉二四八頁。

註五 見〈歷史的理念〉四〇七頁。

註六 見〈創造的勇氣〉引畫家Degas的話。（二四頁）

註七 評論者和作者，畢竟是兩個不同的個體，不同的個體之間，差異性、個別性是難免的，幸好人與人之間尙有共通性，這一點共通性，使我們在瞭解他人時，不致完全憑主觀瞎猜。韋勒克〈文學論〉志文版四二二頁：「感性倘若不容有相當概括性理論的陳述，將不會有多少批判的力量；反之，合理的判斷，在文學的本質上，除非根據一些直接的或是衍生的感性判斷，亦不能成爲正式的陳述。」

劉紹銘在傳紀文學社出版的夏志清原著〈中國現代小說史〉的編譯者序中引用劉若愚的話：「一個批評家，如果沒有偏見，就等於沒有文學上的趣味。」

我不主張批評者可以放任自己的偏見去從事批評工作，但是，我肯定一個批評者依據他與作者共有的人性，以及某種價值觀的相互溝通，可以作心靈上的同情和推測。

註 八 大意是參考〈創造的勇氣〉有關交會的概念。

註 九 漢明帝詔曰：「司馬遷著書，成一家言，揚名後世，至以身陷刑之故，反微文刺譏，貶損當世，非誼士也。」王允曰：「昔武帝不殺司馬遷，使作謗書，流於後世。」（並見〈文學美綜論〉一五二、一五三頁。）

註一〇 參考〈詮釋學的三十個論題〉（見〈國文天地〉第四期八二～八六頁）。

註一一 同上。

註一二 參考〈詮釋學導論〉（見〈國文天地〉第一期七六～八一頁）。

第一節 秉承父親的遺志

〈論語學而篇〉：「子曰父在觀其志，父沒觀其行，三年無改於父之道，可謂孝矣！」「道」字可作「敎訓、期許」解。司馬遷對孔子的仰慕，可以推想，孔子講的這一段話，在司馬遷的心目中，一定佔著相當的份量，因此，對於父親生前的種種敎訓，以及臨終的叮嚀，他是牢記於心的。

歷來許多學者，已經詳解過司馬遷對兒子的訓練和教養，正如李長之所說的，他要兒子成爲一個了不起的史官，他要兒子成爲「孔子第二」。（註一）司馬談在臨終前，親握兒子的手，飲泣叮嚀：

「余先周室之太史也，自上世嘗顯功名於虞夏，典天官事。後世中衰，絕於予乎？汝復為太史，則續吾祖矣！今天子接千歲之統，封太山，而余不得從行，是命也夫！命也夫！余死，汝必為太史，為太史無忘吾所欲論著矣。且夫孝始於事親，中於事君，終於立身，揚名於後世，以顯父母，此孝之大者…，今漢興，海內一統，明主賢君忠臣死義之士，余為太史而弗論載，廢天下之史文，余甚懼焉，汝其念哉！」

念及父親平日的教誨，再聆聽父親臨終的遺言，司馬遷當然是決心奮力完成先父的心願，以慰其在天之靈了！他又回憶起父親生前說過的：「自周公卒，五百歲而有孔子，孔子卒後，至於今五百歲，有能紹明世，正（易傳），繼（春秋），本詩書禮樂之際，意在斯乎，意在斯乎！」（註二）面對父親如此崇高的期許，他只有效法孟子，奮起「舍我其誰」（註三）的壯志了。

【附註】

註一　見（司馬遷之人格與風格）四四頁。

註二　見（太史公自序）。

註三　見（孟子公孫丑）。孟子曰：「五百年必有王者興，其間必有名世者。由周而來，七百餘歲矣，以其數則過矣，以其時考之，則可矣。夫天未欲平治天下也，如欲平治天下，當今之世，舍我其誰也？」有當仁不讓之意。

第二節　職責上的使命感

一個人的理想抱負，無可避免地受到其身分、職業的影響，大抵上有一些人是想在自己的身分、職位上努力，冀能在這一領域裏出人頭地；另有一種人則是不滿於自己的身分職業，千方百計想脫離這個環境，另求發展。司馬遷應該是屬於前者，他雖然明知太史在主上的心目中，和倡優同流，也被一般流俗所輕。（註一）可是，他自知在史學方面的訓練，優於他人，加以對孔子以私人的身分著〈春秋〉的偉大事業，十分敬佩，於是他毅然肩挑起創作第二部〈春秋〉的使命。壺遂問他：「孔子之時，上無明君，下不得任用，故作〈春秋〉，垂空文以斷禮義，當一王之法。今夫子上遇明天子，下得守職，萬事既具，咸各序其宜，夫子所論，欲以何明？」他回答：「且士賢能而不用，有國者之恥；主上明聖，而德不布聞，有司之過也。且余嘗掌其官，廢明聖盛德不載，滅功臣世家賢大夫之業不述，墮先人所言，罪莫大焉。」（註二）這一段話，正是他對自己在職責上應該擔負起創作〈史記〉的使命的一種表白。

巴爾札克說過，他經過了十多年徒勞的摸索，才發現了自己眞正的事業，乃是做一個當代的歷史家。他要給那畸形怪狀的，自稱爲巴黎、法蘭西、或者世界的有機體，做一個心理學家與生理學家、做畫家與醫生、做審判官與文學創作者。（註三）他透過戲劇、小說，將當時的法國，留下了歷史的見證，其實，當年的司馬遷，不也正是抱著此種意念嗎？

徐文珊在（史學年報）第一卷第二期，所著（中國古代的歷史觀）中謂：（司馬遷）寫（史記）的動機，是要繼周公、孔子、肩負道統。徐復觀則認爲「一位大史學家的心靈與一般道德家乃至哲學家的觀點異其趣。道德家、哲學家多先以一固定價值標準去選擇歷史；而偉大史學家的心靈，則係以歷史的自身，爲價值的基點；在此一基點上進一步作『興壞之端』的探求判斷，所以在他的心目中，只要是歷史，便都值得研究，便都可在其中發現各類型各層次的價值。」（註四）

總之，司馬遷繼父任太史令，在圖書上有作史的便利，但是，在漢朝，並沒有一定要撰史的職責，只是在「國有瑞應災異」時，才加以記載（註五）的任務。但是，在父親刻意的培養和訓練之下，他具備了強烈的歷史意識，加以對古代史官著史的傳統使命的認同，和仰慕孔子著（春秋）的崇高理想，促使司馬遷主動地挑起創作（史記）的艱鉅使命。

【附註】

註一 （文選）報任少卿書「文史星歷，近乎卜祝之間，固主上所戲弄，倡優所畜，流俗之所輕也。」

註二 壺遂與太史公對白，皆引自（太史公自序）。

註三 見（巴爾札克傳）一三八、一三九頁。

註四 見（兩漢思想史）卷三第三五三頁。

註五 參見（太平御覽）（設官部）引（漢官儀）。

第三節　對時代的批判

一個人活在某一個時代裏，勢必受到這個時代種種思潮風氣的影響，凡人大概是隨著時俗而浮沈，有些人則埋怨生不逢辰，憤世嫉俗。至於少數知識比較廣博、思想比較敏銳，而不以個人吃穿情慾爲滿足的人，往往會依據自己對過去歷史的瞭解，以及對未來世界的期望，對於他所生存的時代採取批判的態度。正因爲他的歷史知識比一般人豐富，他的思辨能力又比一般人強，加以他所關心的並非個人現實生活的小利小害，所以，他對於身處其中的當代社會，就有比同時代的一般人更冷靜、更深遠的觀察和瞭解。（註一）我們可以這樣說，上述的少數人，由於具有那種透視當代社會的「大智」，加上他們不只關心個人利害的「大愛」，遂產生了敢於批判當代的「大勇」。

〈九八四〉的作者歐威爾說：「我坐在這裏寫這本書，並不是對自己說要創作一部藝術品，而是爲了有些謊話必須拆穿，有些事實，我要讓人注意到。」（註二）把漢武帝比做〈一九八四〉中利用現代化科技以行其極端獨裁的大阿哥，有點欠當，但是，在漢武帝那個時代，人人都在阿附、歌頌漢室的文治武功，司馬遷却看到了漢朝已經由盛轉衰，他對武帝的匈奴政策、平準制度、酷吏苛法，（註三）都不贊同，他不只在李陵案中直言受辱，就是出獄之後，升任謁者令，仍然堅持把〈史記〉完成，以實現其批判當世的職志，他這種勇氣和毅力在當時無人可比。

徐復觀在兩漢思想史卷三中，對司馬遷作史的動機，有如下的分析：

「上面種種由盛而衰的混亂、殘酷、破壞等情形，皆為史公所親歷，不能不給史公以鉅大衝擊，形成了他思想的消極一方面的網維，加強了他作史的動機，並決定了他作史的『思來者』的宏願。」

又說：

「以孔子作〈春秋〉，為繼王道之統，救政治之窮；使人類不能托命於政治者，乃轉而托命於〈春秋〉所代表的文化，成為他著史的最高準繩，這是他思想積極方面的大綱維。在他心目中，對文化的信任，遠過於對政治的信任。他所了解的現實，使他相信人類的命運，在文化而不在政治，或者說，在以文化所規整的政治，所以，〈史記〉可以說是以文化為骨幹之史。」（註四）

司馬談曾說：「為太史，無忘吾所欲論載矣！」又說：「余為太史而弗論載，廢天下之史文，余甚懼焉，汝其念哉！」（註五）論，屬於批判的範疇，載，屬於記錄。（春秋公羊）學派的治學方法，本是好談名理的，本是富有批判精神的，司馬遷繼承了董仲舒（公羊）學派的精神，司馬談也是好議論事理的史官，（註六）司馬遷的批判精神，是有其淵源的。

政治，原是人類本身基於需求而設立的文明產物，依理是幫助衆人治理事務的組織和制度，可是由於治人者貫徹政令的需要，於是不可免地要對個人有許多的限制。一般芸芸衆生，只要吃飽穿暖，往往有「帝力於我何有哉？」的觀念，但是少數重視個人自由、喜愛任性創造的作家，則往往無法忍受政治的干擾和約制。司馬遷基本上是一個作家，他在創作〈史記〉時，固然不無「廢明聖盛德不載，滅功臣世家賢大夫之業不述，墮先人之言，罪莫大焉！」（註七）的職責感，但是，他尚有更重要的動機，便是在「貶天子、退諸侯、討大夫。」（註八）上述這種對時代的抗議精神，是歷代中國知識分子極其珍貴的傳統，（註九）司馬遷是其中最具代表性的一位。

【附註】

註一　霍布斯說：「想像若沒有判斷的幫助，不是值得讚揚的品德，但是，判斷和察別無須想像的幫助，本身就值得讚揚。」康德說：「有想像，藝術只能算是有才；有了判斷，藝術才能說得上是美。」引自〈文學理論資料滙編〉下册八八七、八九〇頁。

註二　見陳之藩〈談歐威爾和他的書〉。刊於七十三年二月一日出刊的〈出版與讀書〉。

註三　如武帝時，律令由九章增至三百五十九章，其中大辟（死刑）四百九條，千八百八十二事；死罪決事比，萬三千四百七十二事。結果，吏民益輕犯法，盜賊滋起，以致廷尉及中都官詔獄，逮至六、七萬人，吏所增加十餘萬人。司馬遷引了〈老子〉「上德不德，是以有德，下德不失德，是以無德。」「法令滋章，盜賊多有。」以警酷烈之治。（見〈司馬遷—其人及其書〉七九頁）

註四　見〈兩漢思想史〉卷三第三一九、三二〇頁。

註五　見〈太史公自序〉。

註六　引自鄭鶴聲〈司馬遷年譜〉導言。（見〈司馬遷—其人及其書〉七二頁）

註　七　見〈太史公自序〉。又，白居易〈與元九書〉云：「自登朝以來，年齡漸長，閱事漸多，每與人言，多詢時務，每讀書史，多求理道，始知文合爲事而著，歌詩合爲事而作。……身爲諫官，月請諫紙，啓奏之外，有可以救濟人病，裨補時闕，而難於指言者，輒詠歌之，欲稍稍遞進聞於上。上以廣宸聽，副憂勤，次以酬恩獎，塞言責，下以復吾平生之志。」（見〈白香山集〉卷二十八）白氏心意與司馬遷同。

註　八　原爲孔子著〈春秋〉之宗旨，爲司馬遷所遵循，班固〈漢書司馬遷傳〉刪去「貶天子」，由此亦足見司馬遷與班固之批判精神有頗大的差距。

註　九　可以參見余英時〈中國知識份子的古代傳統〉。（見〈史學與傳統〉七一頁）

第四節　對人性有體悟，欲啓發世人

大凡一個人，在生活中偶或有較深刻的體驗和領悟，總是很想告知別人，一方面想與人分享那種感受，另一方面，也想借此指導他人。但是，那種深刻的體驗或領悟，不是每人都有，既便有了上述的體驗和領悟，也不見得能說清楚；有少數人能夠把它講清楚，但是講得不夠生動，不夠優美，於是只成了一條條的說教。只有極少數的作家，因爲他生具豐富的感情和敏銳的觀察，加上對理想的堅持，所以他對人生的體驗或領悟，自然比他人深刻，又因他擅於運用語言文字做爲表達媒介，於是他構思出來的作品，在形式結構上，固然有其藝術性，至於作品的內在主題，則不離上述對人生的體驗。由於具備了藝術形式，比較能夠吸引人，只要讀者讀過之後，必定受感動，印象深刻。如此這般，那位作家的目的達到了，他對人生的體悟，得到了讀者的共鳴，他想要告訴世人的道理，也傳達出去了。

孔子著（春秋），在司馬遷看來，主要便在把一般人所看不到的，因而爲人所忽略的行爲的因果關係，通過謹嚴而有系統的紀錄，把它表達出來，使人能在自己行爲之先，即應當，也可能看出自己或他人的這種行爲，所將要得到的成敗禍福的結果，因而不能不早作選擇與決定。（註一）一個人對生命的成敗禍福的因果關係，如有免於迷信的認知，是對人生的意義有正面幫助的。對於一個人的成敗禍福之因果關係，司馬遷以他史學的眼光來看，自有其理性的一面。（註二）

歷史的第一個任務，是再現生活；第二個任務，是說明生活（那不是所有的撰史者都能做到的）。如果一個歷史家不管第二個任務，那麼他只是一個簡單的編年史家，他的著作只能爲眞正的歷史家提供材料，或者只是一本滿足人們好奇心的讀物。唯有擔負起第二個任務，歷史家才成爲思想家。（註三）但是，他自己也無法否認，世間有許多事不能用理性來解釋其間因果關係，在（伯夷列傳）中，他終於忍不住要提出他對天道的質疑：

「或曰天道無親，常與善人，若伯夷、叔齊可謂善人者，非邪？積仁潔行如此而餓死。且七十子之徒，仲尼獨薦顏淵爲好學，然回也屢空，糟糠不厭，而卒蚤夭。天之報施善人，其何如哉？盜蹠日殺不辜，肝人之肉，暴戾恣睢，聚黨數千人，横行天下，竟以壽終，是遵何德哉？此其尤大彰明較著者也。若至近世，操行不軌，專犯忌諱，而終身逸樂富厚，累世不絕；或擇地而蹈之，時然後出言，行不由徑，非公正不發憤，而遇禍災者，不可勝數也。余甚惑焉，儻所謂天道，是邪？非邪？」

在〈悲士不遇賦〉裏，他也提出了「理不可據，智不可恃」的慨歎。

對於上述不能用理性加以解釋的因果關係，司馬遷只好把它歸之於天，至於「天」和「人」的分野，是他想要去探究的主題。這種「究天人之際」的探究工作，可以說是有其所承的，大抵的脈絡是從〈易〉、孔子、孟子、荀子（註四）此一系列而來。結論是人事是可能努力的，也是應該努力的，至於天道，是無法力抗的，大概也就是無可奈何的悲哀吧！他和董仲舒的看法不同，董氏對天人之間的看法，已經滲入較多的陰陽五行之說，迷信氣味較濃。（註五）

司馬遷在創作〈史記〉的心態上，有一點是很難得的，即透過他自己的遭遇與觀察，他把人的命運的問題，從政治歷史中抽出來，所以他決定用紀傳體的方式來寫〈史記〉，整部〈史記〉以人爲中心，而此「人」並不限於帝王將相，這種對人生的體驗和領悟，使他不能不說出來，他在受腐刑之後，忍辱不死，即爲了要把這些話說出來。饑寒可以忍，煩惱可以忍，一切功名利祿可以擺脫，就是這些感悟不能不寫下來。（註六）

夏志清在評論許地山的短篇小說〈玉官〉時說過：「中國現代文學在道德意識上的膚淺，由於它只顧及國家的與思想形態上的問題，它便無暇以慈悲的精神去檢討個人的命運。」（註七）夏氏的批評對象，指明是中國的現代文學，其實，傳統文學亦有此種現象。中國傳統文化中，講的是「人性本善」、「忠孝節義」、「善有善報，惡有惡報」。因爲「人性本善」，所以對人性的探討，就不能深入；因爲「忠孝節義」，個人的命運便不被關心；因爲「善有善報、惡有惡報」，成敗禍福的因果關係，便被過度簡化。在這樣的傳統下，司馬遷還決心透過〈史記〉的創作，來闡釋人的命運，想透過非迷信、報應（註八）的方式，來探究「天人之際」的永恆問題，他的眼光和魄力是不凡的，（註九）這恐怕也是〈史記〉之所以出色的因素之一吧！

【附註】

註一　參見〈兩漢思想史〉卷三第三二八頁。

註二　歷史爲的是人類的自我認知，是以歷史的價值，在於告訴我們，人類曾做過什麼？並由此而告訴我們—人是什麼？柯林烏在〈歷史的理念〉中的講法，頗能解釋司馬遷撰史的這種心態。（見該書十三頁）

註三　見〈文學理論資料滙編〉上册五一頁，引自車爾尼雪夫斯基〈藝術與現實的美學關係〉。

註四　〈太史公自序〉：「易著天地陰陽四時五行，故長於變。」〈司馬遷之人格與風格〉二三三頁：「歷史範疇就是演化，凡是認爲一切不變的，都不足以言史。自來的思想家，不外這兩個觀點：一是從概念出發，如柏拉圖，如康德；一是從演化出發，如亞里斯多德，如黑格爾。司馬遷恰恰是屬於後者的。」這種演化的觀念，正是〈周易〉的精神。孔子重人事而畏天命的觀念，孟子有天爵人爵之說，荀子努力人事，不與天職相爭的觀念，都是司馬遷「究天人之際」承繼的根源。蘇軾〈韓文公廟碑〉亦曾言及天人之辨，也是這一觀念遺緒。

註五　參見〈兩漢思想史〉卷二第三九二頁〈董氏的天的哲學之三—天人關係〉。又，使人脫離悲劇的路子有兩條，一條是投向宗教，把不合理的現實當作命運來接受，董氏走的是這一條路；另一條是走向倫理哲學，修養至不怨天不尤人的聖賢境界，孔、孟、荀走的是這一條路。悲劇人物的遭難，在一定程度上是咎由自取，若是他的品格再完美一些，就不致遭受這樣的災難。（可參考朱光潛〈悲劇心理學〉一〇〇、二一六、二一七頁）司馬遷走的恰是這一條悲劇的路。

註六　巴爾札克說：「教育他的時代，是每一個作家應該向自己提出的任務，否則他只是一個逗樂的人罷了。」（見〈文學理論資料滙編〉上冊一六四頁）司馬遷應也是抱著此種用心的吧！

註七　見〈中國現代小說史〉二八頁。

註八　有關「報」的觀念，包含報應、報償、還報等義，孟子所謂「君視臣如手足，則臣視君如腹心」，是君臣之間的相報。子女對父母的盡孝，是回報父母的養育之恩。士可以爲知己者死，是朋友之間的相報償。可以參考聯經出版〈中國思想與制度論集〉收集楊聯陞著段昌國譯〈報—中國社會關係的一個基礎〉。

註九　杜勃羅留波夫說：「如果能夠判斷作者的眼光在現象的本質上，究竟深入到何種程度？在他的描寫裏，對於生活各方面現象的把握，究竟廣濶到何種程度？那麽，他的才能究竟是否偉大，也就可以得到解答了。」（引自〈文學理論資料滙編〉下冊一一三二頁）對於社會結構的俯瞰，對於人性內在衝突的透視，對於歷史演進動力的探索，對於學術思想生機的認知，以及對於語言演變的實情之認識，司馬遷都表現了他不凡的識見，那麽，他的才能之偉大，應是可以肯定的了。

第五節　心有鬱結，發憤述作

自來探討司馬遷創作〈史記〉動機的學者，最常提出的兩點，一是本文第一節提到的「秉承父親的遺志」，二是司馬遷自己在〈太史公自序〉中所陳述的一段：

「夫詩書隱約者，欲遂其志之思也。昔西伯拘羑里，演周易；孔子厄陳蔡，作春秋；屈原放逐，著離騷；左丘失明，厥有國語；孫子臏脚，而論兵法；不韋遷蜀，世傳呂覽；韓非囚秦，說難孤憤；詩三百篇，大抵賢聖發憤之所爲作也。此人皆意有所鬱結，不得通其道也，故述往事、思來者。」

在〈報任安書〉中也有這一段，文字稍有不同，其中左丘明、呂不韋、韓非等人的著述動機，有和事實不符之處，不過，大體來說，他提出「此人皆意有所鬱結，不得通其道也，故述往事，思來者。」的創作理論，是相當高明的。這種心有鬱結，發憤述作的創作理論，和前文曾提到的日人厨川白村的苦悶說，最爲相似。不過，司馬遷早於厨川氏二千年，甚至在文學尚未充分獨立的時代裏，已經提出這樣的觀點，不得不令我們佩服。

西方的心理學家，有謂創作是一種代替，一種補償者，大意是指作家在現實的人生中，有欠缺，於是想在幻想世界中，求得補償，這一類的觀念，以佛洛伊德講的最爲詳盡：

「藝術家在根本上是一個逃離現實的人，因爲他不能與那放棄原始本能滿足的要求妥協，於是，便在他的幻覺世界裏，儘情滿足他的情慾和野心的願望。不過他找到了一種可以從幻想世界再回到現實的方法，那就是以他的特殊天賦，把幻想塑造成一種新的現實，而人們也就承認那是有價值的一種現實生活的反映。」（註一）

他認爲作家完全是由於創作，才使自己免於崩潰。司馬遷自稱在受腐刑之後「腸一日而九廻，居則忽忽若有所亡，出則不知其所往，每念斯恥，汗未嘗不發背沾衣也。」（註二）在現實生活中，他耿直的個性受到壓抑，身體受到戕害，內心受到折磨，他之所以隱忍苟活，不肯一死了之，積極面是因爲他堅信「死有重於太山」，「恨私心有所不盡」（註三）；在消極面也未嘗不可以看作他想藉著創作，來醫治、補償現實生活中的缺憾。（註四）

如果從上述的創作心理說來看司馬遷，那麼我們就有理由相信，他在撰寫〈史記〉時，雖未嘗明言，但是在性質上，的確是以創作文藝的心理爲出發的。廚川白村說：「人類各種生存活動中，還有一個唯一絕對無條件的、純粹的創造生活的世界，那就是文藝創作。」（註五）當司馬遷自覺在當日的政治情境下，實現自己的政治抱負，是完全無望，只能借著述來表現自己的思想、感情。這種觀念，可以上溯至孔、孟、屈，下開桓譚「賈誼不左遷失志，則文采不發」，歐陽修「窮而後工」的論點。（註六）傳統文人以著述來代替政治上的抱負，以孔子著〈春秋〉爲表率，司馬遷著〈史記〉，效法〈春秋〉，是後人都肯定的一件事。但是，另外有一點却值得提出來：司馬遷已經有意在人物的描述，情節的安排，和個人對歷史事件及人物的批判與感懷上，多所發揮，透過這種可以自主的發揮，使他有限度地超越了史料的拘束。從這一點看來，他是在從事文藝的創作，由於這種可以相當自由的創作行爲，化解了他在現實人生中的不圓滿。（註七）如果，我們把孔子說的「詩可以興、可以觀、可以群、可以怨。」（註八）做一種較廣義的解釋，不就很容易發現〈史記〉正是符合這些功能嗎？〈三百篇〉固然是詩人依據實際的歷史、民生鋪寫而成，但是其藝術上的成就，使我們不得不承認詩人是透過文藝的創作來完成這些詩篇的。同理，我們也可以相信，司馬遷由於「心有鬱結」，遂「發憤述作」，他作〈史記〉，也是依據可靠的史料，加上個人的閱歷，借著文學的技法，（註九）把〈史記〉當作一件藝術品來從事創作的任務。我個人相信，如果司馬遷只把撰寫〈史記〉當作爲歷史留下紀錄的工作，那麼，這種工作不僅不能滿足他天生的作家個性，而且，他的鬱結也將無法得到化解。

【附　註】

註　一　見〈文學論〉一二七頁所引。

註　二　見〈昭明文選〉〈報任少卿書〉。

註　三　同上。

註　四　可以參考朱光潛著〈文藝心理學〉（見三二三頁）又，〈馬森獨幕劇集〉作者自序謂：「在現實中與人有所隔膜的隱痛，遂加強了企圖用另一種方式與人溝通的欲求。我所選擇的方式，就是文學。我既不想自我窒息，又不願與人隔絕，我就只能以我自己感到自由舒適的方式，在我與人間搭起一座橋樑。」（見〈馬森獨幕劇集〉四頁）

註　五　見〈苦悶的象徵〉一三頁。

註　六　見劉大杰〈中國文學批評史〉上冊第二章第二節。

註　七　李贄〈焚書〉卷三〈雜說〉：「且夫世之眞能文者，比其初皆非有意於文也，其胸中有如許無狀可怪之事，其喉間有如許欲吐而不敢吐之物，其口頭又時時有許多欲語而莫可所以告語之處，蓄極積久，勢不能遏。一旦見景生情，觸目興歎，……訴心中之不平，感數奇於千載，……不能自止。」（見漢京本九七頁）

註　八　讀〈史記〉，可以興發天人之際的高遠情操；可以觀朝政的興衰因由；可以認知友情交往之可貴；可以看出司馬遷以文藝創作來發抒其內心之怨憤。興觀群怨之說，出自〈論語陽貨篇〉。

註　九　有關取材、主題、情節、人物、語言等技巧，第四章將分節專論。

第六節　立言以求自我之完成

個人的壽命是有限的，個人的肉身是會腐壞的，對於這種極爲現實的客觀情況，由於每個人的身分地位、智慧、理想不同，遂有不同的處理態度。

升斗小民，忙於吃穿等維持生存的必要需求，他們無暇去思慮那些遙遠、抽象的生命問題，他們大半認命地生活著。帝王富豪，對於吃穿情慾問題，已經不覺困難，人間的富貴，他已獲得，但是，當他面對死亡的嚴酷現實時，他開始感到畏懼。他們慣於利用自己的權勢和財富，去解決許多困難，因此，面對死亡這個困境，他們可以採行的對策有二：一是利用權勢，著人將自己的成就紀錄下來，爲求名留千古，自然需把他的功德誇大，秦始皇立碑立石，是其中最明顯的例證。（註一）二是利用錢財官位網羅天下奇人，爲他煉丹求仙，以期不死。當然，這種努力，從來沒有成功的例子，不過，他們那顆求長生不死的熱心，實在可憐復可悲，漢武帝迷信李少君等方士，是一個很有代表性的例證。（註二）

至於少數有自覺、具遠見、又堅持自己理想的知識分子，既不能滿足於飲食男女等生活上的享樂，又不相信長生不老的方士之說，他們却想超越有形生命的拘限。有什麼辦法可以使人類超越有形生命的拘限呢？有人認爲，人類的生命是生生不息的，除非人類全體滅亡，否則，存於人世的眞理，是不會隨著個人的死亡而消失的，所以，一個人只要堅守住這個眞理—道，他就可以不死！孔子是這種知識分子的代表人物。

我們都佩服那種頑強的決心，不屈不撓、堅持到底，不怕肉體的劇烈痛楚，不怕長期糾纏的精神磨難，不怕突如其來的震動，不怕誘惑，不怕軟騙硬嚇，擾亂精神或者疲勞身體的任何考驗。不管支持這決心的是殉道者的幻像，還是天生固執，或是後天的驕傲，決心總是了不起的。（註三）司馬遷完成〈史記〉的決心，是極爲堅定的，肉體受到殘害、精神遭到凌辱、人格都受到汚虐，他還能夠堅忍心志，把〈史記〉完成，這種精神，令人敬佩。我們也可以說，他要完成的，已不只是〈史記〉而已，實際是他自己的生命意義，這正是人本心理學家所揭示的，人類最高層次的心理需求，亦是最高

尚的人格。（註四）素來討論司馬遷的撰史動機，極少強調這一點，實在是一個缺憾。（註五）

不論如何崇高的理想，或是怎樣偉大的德操，如果沒有口耳相傳或文字紀錄，也是無法留傳下來的，其中口耳相傳，又不如文字紀載來得可靠。文字的發明，使人類快速地脫離其他動物的生存意義。有人類有了文字，才有比較可資信賴的歷史經驗的紀錄，透過歷史的記載，才使某些人事流傳下來。有些知識分子，在生前，自己對生命價值的看法，對眞理的堅持，未能受到當時社會的認同，於是，他們把自己的理念、感情用文字紀錄下來。他們深信，終有一天，會有人認同自己，到那時，自己雖然或已埋骨黃泉，但是，那些象徵著他們的生命精神的言論或事迹，不是活生生地存留在人間嗎？孔子著〈春秋〉，有此種意識，屈原賦〈離騷〉，也是一樣的心情，司馬遷寫〈史記〉，正是秉承著此一貫的知識分子傳統啊！

徐復觀在〈論史記〉中說：「通過歷史紀錄，以求不朽，是人類文化達到某種高度時的自然願望。史公除了秉承他父親的此一願望外，隨著他的人格學問的成長，更進一步深受孔子作〈春秋〉的影響。」又引西方史學家希羅多得（Herodotur 484～425 B.C.）的話：「關於許多人物動業的記憶，由此書（〈希波戰史〉）而防止其歸於湮沒。希臘人及異邦人偉大而可驚異的行爲，由此書而不致失其光榮的報償。」（註六）

撰著史册，使歷史上的人物、事跡流傳不朽，固然是撰史者的原始動機，但是，藉著史書的流傳，使撰述者也因而留名後世，也是一件不容忽視的事實。司馬遷創作〈史記〉，採用的方式是「立言」，但是，他苦心孤詣地將自己對「古今之變、天人之際」的體驗和領悟，傳達給世人，就其所發生的效果而言，我們說他也立了德、立了功，又何嘗不可呢？他在〈與摯伯書〉中說：「遷聞君子所貴乎道者三：太上立德，其次立功，其次立言。」（註七）他追求不朽的意念，是相當明顯的。（註八）

柏拉圖在晚年的對話錄〈饗宴〉中，把產生新的實體的人，稱爲眞正的藝術家，亦即擴充人類意識領域的人。司馬遷的〈史記〉，不論在體制上、思想內容上、筆法上，都有極突破性的創新，讀者若能細心品嚐這部巨著，必定可以擴充對歷史、人性的認知領域。創造並非一種生活上的嗜好，也不是打發時間的玩意，不能被當作病態的產物（如心理學上的補償說），它實在是正常人在自我實現過程中最佳的表現。（註九）在此，我要強調：司馬遷撰寫〈史記〉，是一種創作行爲（下一節將證明），他不只是遵從父親的臨終遺言，他也不只是爲了怨憤苦悶，最主要的是他要實現自我，完成自我的生命價值，唯有認知這一點，才能體認他的偉大。

他在自序裏說：「藏之名山，副在京師，俟後世聖人君子。」可見他對立言的渴盼，亦顯示他對自己的著作，滿懷信心，眞金不怕火來煉，今天人家說它是謗書，將來會有人賞識它的！在他寫給任少卿的信中，他說：

「假令僕伏法受誅，若九牛亡一毛，與螻蟻何以異？而世又不與能死節者，特以爲智窮罪極，不能自免，卒就死耳，何也？素所自樹立使然也。人固有一死，或重於太山，或輕於鴻毛，用之所趨異也。…所以隱忍苟活，幽於糞土之中，而不辭者，恨私心有所不盡，鄙陋沒世，而文彩不表於後世也。

古者富貴而名摩滅，唯倜儻非常之人稱焉。」

曹丕〈典論論文〉：「年壽有時而盡，榮樂止乎其身，二者必至之常期，未若文章之無窮。」死並不足懼，怕的是鄙陋以歿。司馬遷找到了最能實現自己生命意義的東西—創作〈史記〉，〈史記〉未完，生命也就未完。唯有瞭解到這一點，才能解釋他何以不在受辱之後自殺。他贊歎的屈原投江了，他私心愛惜的項羽和李廣都自殺了，他們在自殺之前，都已閃現了生命的光輝，他們的生命價值已經完成了，他們死得其所。自己呢？既無功、又無德、也無業，還蒙受了腐刑之辱，〈史記〉已寫了一半，（註一〇）難道就這樣背負著屈辱、如螻蟻般死去嗎？當然不！

司馬遷何年何月死的？至今無人敢肯定自己的推測，總之是在〈史記〉完成之後，〈史記〉既成，生命已有交代，何時死亡，甚至是否自殺，都已經不那麼重要了！

【附　註】

註　一　始皇刻石以紀其功，有「之罘」、「碣石」、「南海」等處，參見〈秦始皇本紀〉。

註　二　參見〈史記封禪書〉、〈孝武本紀〉。

註　三　參考泰納〈藝術哲學〉。（見〈文學理論資料滙編〉上册二五五頁）

註　四　可參考允晨出版〈人本心理學之父—馬斯洛〉七六頁。

註　五　徐復觀〈論史記〉有提及成一家之言（見〈兩漢思想史〉卷三第三三六頁）。徐文珊〈史記評介〉亦曾提及司馬遷以超乎生死的忍耐，終達成其志願（見〈史記評介〉三二頁）。不過，並未從人類心理學來加以詳說。

註　六　見〈兩漢思想史〉卷三第三二二頁。

註　七　見〈全漢文〉卷二六。

註　八　司馬遷〈報任少卿書〉：「僕聞之：修身者，智之府也；愛施者，仁之端也；取予者，義之府也；恥辱者，勇之決也；立名者，行之極也。士有此五者，然後可以託於世，列於君子之林矣。」由此可見，修身立名，以求留芳後世，正是他追求不朽的表白。心理學家羅洛梅說：「人類有其必死性，藝術家對不朽有一股渴望，於是他用創作來反抗命運，對抗死亡。」（見〈創造的勇氣〉三〇頁）

註　九　參見〈創造的勇氣〉四四頁。

註一〇　依常君實的說法，司馬遷於太初元年開始撰寫〈史記〉，五年後下獄，仍繼續撰述工作，征和二年，〈史記〉完成，歷時約十五年。當然，那時書名不叫〈史記〉。（見〈司馬遷—其人及其書〉七頁）

第七節　向文學借火

司馬遷立言的意念是有了，接下來的問題，是該用什麼方式？要立那一種言？才會留傳後世？雖然在司馬遷的時代，尚未建立明確的文學觀念，但是，當我們看到班固的〈漢書〉，和〈史記〉一樣，在用語上很注意學術和文學的區別，他們以「文」或「文章」來稱文學；以「學」或「文學」來稱學術。可見「文」和「學」、「文章」和「文學」在含義上已不同，說明了漢代人們已經開始認

識文學的性質，對文學作品和學術著作，已經有區分的概念。（註一）

孔子曾經說過：「志有之：言以足志，文以足言。不言，誰知其志？言之無文，行而不遠。」（註二）言以足志，正足以說明司馬遷「立言以求自我之實現」的動機，至於「文以足言」、「言之無文、行而不遠」，是偏重在言的方式，言的技巧了。換句話說，言的技巧不好，人家不喜歡聽，寫的技巧不好，人家不喜歡看，你的言也就不能傳達出去，更不可能留傳後世了。

司馬遷作史的決心是不動搖的，藉作史以立言的意識，也是我在文中一再加以申述證明的，賸下來的問題，是他打算採用什麼方式來達成作史立言的目的？我假定他對孔子「言之無文，行而不遠」的看法有很深切的認同，這個假定，建立在三個理由上面：一是司馬遷對孔子的敬仰、二是他讀書的量多面廣，孔子上述的言論他勢必看到、三是他的〈史記〉運用了許多文學技巧，不可能都是無意中達到的成績。上述的假定，如果不太離譜，我們便可以接受如下的推論：他有意採用一種比較新穎而且生動的方式（其實就是文學的形式）來作史立言。（註三）

司馬遷身歷大時代的種種變遷，加上父親的遺志及本身崇高的自我完成需求，使他決心作史立言，以向歷史作交代，但是，爲了所立之言能留傳更長遠，他體認到必須向文學借火。有了文學創作之火，可以加入個人的感性，把現實人生的切面，聯綴起來，這樣才更能把眞實的歷史展現在人們的面前。向來的文學批評者，大抵認爲孔子的文學觀偏向於實用論，上述「文以足言」，「言之無文，行而不遠」，實可以證明孔子並不排除文學的表現理論。（註四）司馬遷秉承孔子的觀點，認同文學的實用理論，至於他的表現理論傾向，因爲文學潮流的自然演進，顯然比孔子更明顯。

有了「向文學借火」的體認之後，我們會想到一個問題，他到底借了那一種文學的火種？是詩？是諸子散文？抑是漢賦？有關這一連串的問題，爲了敍述方便起見，我將分五個子題來說明：

一、詩，適於抒情，不適於長篇說理

某一種文化背景，蘊積成一種思維方式，此種思維方式，遂產生其獨特的語言文字，當然，每一種語文又都有其局限，亦即各有其優劣長短。中國文字的特色，表現在以抒情詠志爲主的詩歌上面，展示了它輝煌燦爛的成果，但是，這種文字，若使用在以精準、確切爲主的論述文章時，不免表露其不足的困境。（註五）因此，傳統的詩歌在詞藻音調上有極爲突出的成就，在抒情感懷上也頗能勝任，但是，若論到對人生問題的深入探索，詩的形式往往便顯得心有餘而力不足了。（註六）

美國詩人愛倫坡認爲，把詩的本質窮究到底，那麼詩的範疇內，必然除了抒情詩外，別無他物。而且，抒情詩自始至終都不得不維持最高的情調，所以不能不是短詩。愛倫坡把含有非詩、成分不純的敍事詩和詩劇，都從詩的王國放逐出去。敍事詩爲小說所取代，詩劇的位置讓給散文劇，詩只好退守剩下的抒情領域，以抒情詩爲根據地了。（註七）

要記載歷史事件，要描述歷史人物，要探討人生百態，進一步對歷史人物、時代現象作解釋批判，用詩歌的形式，是無法達成的。（註八）司馬遷只好放棄了採用〈詩經〉以來的古詩形式。

二、單篇散文，不足以勝任描繪人物、鋪陳故事之重任

這裏所說的散文，是指司馬遷以前流行的文體，先是諸子的哲理散文，其後是遊士的論辨散文，漢初有了論政散文。一篇這樣的散文，大抵論述一件事情，或一個道理，這還是結構比較完整的作品，至於主題不明確，隨作者興之所至，拉雜立論的篇章也很多。總之，這種文體，在文句上固然比較自由，但是在體裁和內容上，却不能勝任刻畫人物、鋪陳故事的大任。司馬遷在創作上的野心很大，他想「究天人之際，通古今之變，成一家之言。」這種野心，靠幾行詩句固然不能表現，若採用敍事說理的散文又覺不夠生動，於是只好放棄這條路。

三、漢賦只適於歌功頌德，不宜於寫實、批判

屈原直抒胸臆，而不求文字鋪張的騷體辭賦，經過宋玉、荀卿、賈誼、枚乘等人的演變，到了司馬相如等人的長賦，詩歌的成分減少了，抒情的個人成分幾乎完全消滅，代之而起的是敍事詠物、歌功頌德。到了漢武帝以後，寫賦可以得寵，在利祿的誘惑之下，賦家努力在文字的鋪張雕琢上用功，以取媚帝王，演變到極致，賦便和實際的社會人生脫節，只成爲君王的娛樂、文人的遊戲了。有關漢賦的形成，及其特色，歷來的文學批評家，已有詳述。這種講究辭藻堆砌，不具眞情的文體，自然無法用來「究天人之際，通古今之變」，而且和司馬遷耿介的個性，對時代的抗議精神也是完全相違背的，我們只需回顧一下以司馬遷的才情，處在漢賦最盛的時代，他竟然只寫了一篇〈悲士不遇〉之賦，便能明白，不論在文體的形式或內在精神來說，他都不會去採用漢賦了。（註九）

四、傳統的史書，多記帝王名臣之言論事跡，不足以表現眞正的歷史

傳統的史官，所記的言與事，不離宮庭王事。這種史官，了不起的成就，也不過是據實以言，如記崔杼弑君的齊太史、記趙盾弑君的晉董狐。（註一〇）他們重在追究事理的是非，以及責任之歸屬，皆未及在內容上鋪張，亦無暇在文筆上求生動。孔子以非史官的身分，撰述《春秋》，透過史筆褒貶的力量，以達到王事的功能，（註一一）這已經是一大突破。到了左丘明，依據孔子的《春秋》，加以鋪陳，重在敍事，以行爲的因果關係，作爲空言判斷的背景依據。（註一二）因此，《左傳》在史學及文學上的成就，超過《公羊》、《穀梁》，古來已普遍地受到認同。（註一三）

司馬遷秉持著齊太史、晉董狐爲史負責的嚴正立場，承襲了孔子著《春秋》的批判精神，吸收了左丘明的鋪陳技巧，他把傳統史書的題材，範圍擴大了，他雖採用了先秦的歷史散文形式，却在文字的運用上更活潑了。（註一四）

五、只有建構通史的骨架，再綴以文學的血肉，才能成一家之言

同樣的金匱石室之史料，若由不同的人來動筆經營，當然結果會不同，因爲其中有作者性情、學養、價值觀和文學風格的差異。要做到標新立異、與衆不同並不困難，貴在能夠具備獨創且自成體系的風格，方能成爲一家之言，才能不朽。

誠如前文所述，司馬遷決心寫一部反映時代，刻畫人性的史書，爲了流傳久遠，他採用了文學的技巧，借生動活潑的散文筆調，透過精心設計的結構，寫成一篇篇自成首尾的作品，經過巧妙的聯綴以一百多篇作品，組成了一部體制嚴謹、氣勢磅礴的《太史公書》。

在這項艱鉅浩大的工程裏，理智的取材，平實的敍述是應該把持的，但是由於他對文學的偏愛，所以在寫作的過程中，發揮個人的想像是不可免的。如果我們認爲虛構、創造或想像是文學的特徵，那麼司馬遷寫鴻門宴的坐次、樊噲入席的鏡頭，乃至項羽在烏江自刎前的快戰、死後追兵之爭搶屍身等等，都顯示出極濃郁的文學趣味。

泰納在〈藝術哲學〉中說：「偉大的作品，是歷史的摘要，用生動的形象表現一個歷史時期的主要性格，或者一個民族的原始的本能與才具，或者普遍的人性中的某個片段和一些單純的心理作用，那是人事演變的最後原因。文學作品以非常生動的方式，給我們指出各個時代的思想感情，各個種族的本能與資質，以及必須保持平衡才能維持社會秩序，否則就會引起革命的一切隱蔽力量。」（註一五）司馬遷寫〈史記〉，所要達到的境地—究天人之際，通古今之變，正是泰納所說，偉大的作品所蘊含的內在精神。

科學通過理性的分解，從活生生的現象中，把普遍觀念抽引出來；藝術通過想像的創造活動，用活生生的形象把普遍概念顯示出來。只有在歷史中，科學和藝術才會滙合在一起，以達到同一個目的。因爲在今天，歷史按其內容來說，是學術性的；但是按其敍述手法來說，又是藝術性的。（註一六）司馬遷的巨著—〈史記〉，在文學上和史學上的成就，更是學術與藝術結合的最佳典範。

就像杜威的說法，藝術可以證明人類能夠有意識地重建感覺，需求和行爲間的統一。在現實的人生裏，若想達到全然的美滿，必須靠藝術，只有在藝術的創作中，一切狀況才能完全控制，而獲得預期的效果。（註一七）這種藝術創作所能達到的理想狀況，很能滿足司馬遷「究天人之際、通古今之變，成一家之言」的野心。

在早期，學問未分化，小說、戲劇尚未成型的時代，司馬遷只好用史的形式來寫人生。對於最容易爲人們所注目的個人行動，成爲歷史的中心，不僅爲司馬遷的文筆所創作，也是在學問未分化、未形式化前的一般傾向。（註一八）在漢代以前，史的創作，可以說是經傳唯一的代替。史強調的是眞實，而小說一向不是嚴肅的文類，爲了使虛構的小說的地位，獲得一般文人承認，唐人寫作傳奇的時候，乃時常有賦予史證的傾向，往往蓄意模仿正史列傳的結構和風格。司馬遷以出色的、頗具虛構小說趣味的技巧，處理歷史人物。他在故事裏穿插一些小情境，緊密地切合題旨，既簡單自然，而又難以想像，逼得你不得不說：「我的天，多眞實！」他同時滿足了兩個像是彼此相反的條件，既是歷史家又是詩人，既是眞話，又是謊話。（註一九）

例如唐人的傳奇，常聲稱作者曾經歷某事，至少也強調作者曾經接觸過身逢其事的遺老，借以取信於讀者，這種技法，或可追溯至司馬遷的〈刺客列傳〉。有時小說的作者言之鑿鑿，聲稱其作品所提到的地點，仍可參觀，尚未湮滅，此亦脫胎於司馬遷的〈伯夷列傳〉。（註二〇）

司馬遷有向文學借技法，來完成著史立言的自覺，他的實際作品，也影響中國後世小說、戲曲甚大。（註二一）他之所以有此自覺，除了他的作家個性，以及不凡的才識做後盾之外，（註二二）也得歸功於前賢的啓發。凡是一種文體的形成，或是一種文風的興起，總是不會憑空而來的，它必定累積了許多人，經過許多時間的嘗試和努力。當然，初起時，難免粗陋些，後起者才逐漸加以發揚光大。蕭統在〈文選序〉中說得好：

「夫椎輪爲大輅之始，大輅寧有椎輪之質？增冰爲積水所成，積水曾微增冰之凜，何哉？蓋踵其事而增華，變其本而加厲，物既有之，文亦宜然。」

司馬遷跟隨的前賢是誰呢？是哪些富於文學趣味的前輩，深深地感動了他，而令他從中學習，並加以發揮呢？爲了節省篇幅，此處只舉五位較突出的代表人物：

〈孟子〉那一篇〈齊人有一妻一妾而處室者〉，（註二三）有人物、有故事、有主題，而且虛構的成分很濃，這豈不是一篇短小精悍的短篇小說！

莊子極富想像的寓言式文章，故事性也很強，他要講的盡管是很嚴肅的人生課題，但他採用的方式，却是極爲自由的想像，這不也是文學創作最重要的質素嗎？

屈原使用的是詩歌形式的文句，但是他所虛構的神話，以及美麗的愛情故事，則極具浪漫色彩。尤其是〈離騷〉，描寫一個苦悶的靈魂的追求與幻滅，上天下地，入水登山，極其浪漫之能事。篇幅之長，文字之美，幻想之豐富，象徵之美麗，在中國文學史上，眞是一朵奇葩。甚至有人把〈離騷〉比爲歌德的〈浮士德〉。（註二四）

把秦晉殽之戰，寫得有聲有色的左丘明，不論在文章的結構、人物性格的刻畫以及語言的鍛鍊上，都有極出色的成績。（註二五）至於戰國策的作者，更是把文學的趣味，充分地展現在讀者的面前。

〈左傳〉是歷史，歷史往往寫重大事體，但一涉瑣碎的事，便是小說筆法。如成公十一年，寫聲伯之母，有情節、有人物性格，通過人物和情節來表達意義，跟軼事小說的寫法是一致的，更難得的是，能夠截取生活中的片段，反映出當代婦女的地位及命運。（註二六）

至於像〈離騷〉那樣的長篇自傳式的敍事詩，在〈詩經〉裏是沒有的；像〈離騷〉那樣運用神話，富有理想、浪漫色彩的表達手法，在〈詩經〉裏也是沒有的。這樣才體現了文學的發展變化，說明破舊體、立新體的重要。體裁的變化，是文學發展的重要標幟，劉勰特意寫了〈辨騷〉來加以闡發。〈史記〉中的〈屈原傳〉，像爲〈離騷〉寫序；〈貨殖列傳〉，不以人爲主，這些都是破例、創新。（註二七）

原來司馬遷所採用的文學形式，也是曾有前人用過的，只是他把這種文學形式更刻意地去經營，運用了更多樣化的寫作技巧罷了。只因在他那個時代，文學尚未完全獨立於經史之外，（註二八）他雖有把〈史記〉寫成藝術作品的意識，（註二九）但是在今天，我們只能說〈史記〉「好比」是中國的史詩，司馬遷也「可以」稱爲一個偉大的小說家，「甚至」可稱他爲出色的劇作家。（註三〇）

萊辛說：「劇作家並不是歷史家，他的任務不是敍述人們從前相信曾經發生的事情，而是使這些事情在我們眼前再現。歷史的眞實不是他的目的，只是他達到目的的手段。」（註三一）司馬遷抱著強烈的創作意識，透過豐富的文學手法，完成了〈史記〉，使後代讀者讀來，歷史上的人物、事件及場面都栩栩如在眼前，他早已超越了記載的層次。其實，他所念念不忘的那三句話—究天人之際、通古今之變、成一家之言，已經明白地告訴了世人，他不滿足於「述往事」而已，他還要「思來者」，如此看來，稱他爲偉大的作家，並不算誇大吧！

結語

歷來的學者對於司馬遷撰述〈史記〉的動機，大抵側重在秉承父志和受辱發憤兩方面，個人認爲這兩種心態，是比較消極、被動的表現。我深信一位偉大的作家，去從事一件藝術品的創作，必定不僅止於苦悶的宣洩、缺憾的彌補、或聽從他人的指令，他一定還抱有更主動、積極的意識。因此，本章在探討司馬遷的創作意識時，除了不忽略那些較被動的因素（如第一、五節所論）之外，還提出一些較主動的因素（如第二、三、四、六節所論）。

藉著述來實現自我、完成自我，是近代人本心理學家，如馬斯洛所提出的高層次心理需求，換成中國傳統的說法，便是立言以求不朽的意識。司馬遷抱持著立言以求不朽的意識，又發現到尚須向文學借火，方能在著史的大工程中，賦予歷史更豐盛、更優美的生命。他堅信唯有把〈太史公書〉當作藝術品來經營塑造，心中的鬱結才能暢快地抒解，自己對時代的批判、對人生的體認才能完整而生動地表達出來。唯有如此，身爲太史的職責才算盡到，先父的遺志方克兌現，也唯有如此，個人的生命才算完成。

歷來的學者文人，都能承認司馬遷在史學及文學上的成就，本文所需強調的，是司馬遷乃有意地採用文學的手法，來完成〈史記〉，因此在第七小節「向文學借火」中，有較詳實的學證說明，旨在證明〈史記〉之所以成爲傑作，並非偶然。個人相信一件藝術品，是透過藝術家的秉賦、素養、技巧再加上強烈的創作意識，才能完成的。（註三二）

羅丹說：「藝術的整個美，來自思想，來自意圖，來自作者在宇宙中得到啓發的思想和意圖。你要深信，偉大的藝術家，總是完全意識到他們做的是什麼！」（註三三）

司馬遷的思想，從開始到結束，一直就在孔、老的夾縫裏遊離，他一方面仰慕老子思想的深遠，一方面又想一肩挑起儒家對人類社會的理想的重擔，於是在內心便產生了極大的矛盾。這種矛盾，對他的事業前途是不利的，但對其藝術上的造詣却甚有益。他在創作〈史記〉的過程中，觀念上前後頗有一些距離，起先是想「述往事，思來者」，是想「究天人之際、通古今之變」，這是「載道」的觀念，但是，到了後來，他那頗具老莊傾向的情性，又使他禁不住要加上「抒情」的成分。所以，當我們在閱讀〈史記〉時，有時會覺出一種浪漫情調，有時又會體會出一種濃厚的寫實風格。〈史記〉給中國人帶來了那麼多可貴的歷史知識和寫作技巧，正是由於他那種矛盾的心理因素刺激而成的。（註三四）

【附　註】

註一　參考劉大杰「中國文學批評史」上冊五八頁。

註二　見「左傳」襄公二十五年。

註三　范曄撰「後漢書」，猶恨「但多公家之言，少於事外遠致。」以爲「情志所託，故當以意爲主，以文傳意。」（見「後漢書」「太史公自序」）可見：若僅止於記言記事等「公家之言」，不能發揮撰者「情志所託」，范曄亦不以爲足。

註四　參考劉若愚「中國文學理論」第六、七章。

註五　參考「中國文學理論」第四章，及范文芳「中國文字適於寫詩」（刊於新竹師專「國教世紀」第十九卷第七、八期）

註六　見「中國現代小說史」十二頁。

註七　見洪順隆編譯「文學與鑑賞」二〇頁。

註八　卡斯特爾維屈羅謂：「詩的語言也不是推理用的那種語言，一般地說，沒有人用韻文來推理。」（引自「文學理論資料滙編」上冊二六七頁）中國早期的兩部文學批評理論—劉勰「文心雕龍」和陸機「文賦」，即用韻文形式寫成，後人即不易閱讀。

註九　趙省之謂：「「漢志」說司馬遷賦八篇，晉陶潛寫「感士不遇賦序」謂『昔董仲舒作「士不遇賦」，司馬子長又爲之。』唐李善注「文選」引江文通「詣建平王上書」注引有此賦『理不可據，智不可恃』兩句。」又謂：「劉勰說：『仲舒專儒，子長純史，而麗縟成文，亦詩人之告哀焉。』劉氏所謂麗縟、告哀之作，毫無疑問是指仲舒的「士不遇賦」與子長的「悲士不遇賦」，可見劉氏也肯定他賦作的藝術技巧。」（見「司馬遷—其人及其書」

一七六～一七八頁）

註一〇　崔杼弑齊莊公，事見〈左傳〉襄公二十五年，董狐書「趙盾弑其君」，事見〈左傳〉宣公二年。

註一一　〈孟子滕文公下〉：「世衰道微，邪說暴行有作，臣弑其君者有之，子弑其父者有之，孔子懼，作〈春秋〉。〈春秋〉，天子之事也；是故孔子曰：『知我者，其惟〈春秋〉乎？罪我者，其惟〈春秋〉乎？』」

註一二　〈太史公自序〉：「我欲載之空言，不如見之於行事之深切著明也。」〈孔子世家〉亦記此言。

註一三　〈史通雜說上〉：「〈左傳〉之敍事也，述行師則……跌宕而不羣，縱橫而自得，若斯才者，殆將工侔造化，思涉鬼神，著述罕聞，古今卓絕。」又，徐復觀在〈兩漢思想史〉卷三第二八〇頁亦論及〈左傳〉在文學上的成就。

註一四　見第四章第五節。

註一五　引自〈文學理論資料滙編〉下册一〇〇五頁。

註一六　引自〈文學理論資料滙編〉中册四二九頁，原係別林斯基在〈俄國文學史試論〉中所言。

註一七　參見允晨出版〈當代學術巨擘大系〉〈杜威〉七二頁。

註一八　參考武田泰淳〈司馬遷—史記的世界〉三二頁。

註一九　引自〈文學理論資料滙編〉中册四五四頁。

註二〇　參考楊牧〈文學知識〉一六一頁。

註二一　王鍾麒云：「有跅弛不羈之士，描寫社會之汚穢濁亂貪酷淫媟諸現狀，而以刻毒之筆出之，如〈金瓶梅〉、〈紅樓夢〉、〈儒林外史〉、〈檮杌閑評〉，讀諸書者，或且譬古人以淫冶輕薄導世，不知其人作此書時，皆深極哀痛，血透紙背而成者也，其源出於太史公諸傳。」（見〈文學理論資料滙編〉中册五九二頁。）又，〈司馬遷之人格與風格」三五〇頁亦有詳說。

註二二　這類小說（歷史小說）的好作品，需要許多條件，首先，需要大力鑽研與工作；他必須有藏書家細讀一本大書的耐心，而得到的却只有一件事或者一句話。其次必須有一種特殊的才情，能根據一大批書的零星資料，創造出來一個已經不存在了的時代的全貌。光有對一個時代的這種一般看法還是不夠的，因爲這一切屬於歷史範圍，作者還得有小說家的才具，強大的創造力、抓住細節的精確性，對感情的深刻體會等等。（參考「文學理論資料滙編」五九六頁。）

註二三　見「孟子離婁下」。

註二四　見「中國文學發達史」九一頁。

註二五　朱自清謂：「公、穀以解經爲主，「左氏」以敍事爲主。漢初設有公、穀二傳的「春秋」博士，「左氏」流傳較晚，未能得勢，但是，在民間却較流行，因公、穀不免空談說教。「左傳」的辭令和敍事極有成就。范寧在「穀梁傳序」說：『左氏豔而富，其失也誣。』杜預「春秋序」說「左傳」『其文緩（委婉），其旨遠。』」（引自朱自清「古典文學論文集」六四三頁）

註二六　參考「文章例話」三〇〇、三〇九頁。

註二七　同上二二〇頁。

註二八　郭紹虞說：「敍事詩的特點，其一是屬於知識經驗的記載，又一是屬於情感想像的描寫，即此後演進爲歷史，仍然保存此二重性質。所以古代文史合一，史家與文家常不能分離。直到後來，史家的著作，以開局設監之故，不出于一人一手之烈，于是偏重在記載，傾向於理智，而忽於描寫，因而史學遂漸與文學分離了。至其偏重在情感

想像之描寫者，則另外演進爲小說，而爲之樞紐者，實爲傳記一類之文字。」（引自〈照隅室古典文學論集〉三四頁）

註二九　本小節即在論證司馬遷是有意要採用文學手法來創作〈史記〉，〈司馬遷之人格與風格〉二七〇頁亦有此種說法。

註三〇　把〈史記〉比作中國的史詩，稱司馬遷爲偉大的小說家、劇作家，都是李長之在〈司馬遷之人格與風格〉第九章所提出的。

註三一　引自〈文學理論資料滙編〉中册四五七頁。

註三二　可參考〈創作的勇氣〉。

註三三　引自〈羅丹藝術論〉一二六、一二八頁。又，心理學家容格（Carl Jung）亦有類似的說法。（見〈西洋文學批評史〉六六二頁）

註三四　參考聞從亦〈司馬遷的藝術觀〉。（見〈文學雜誌〉八卷一期）

第四章　司馬遷的寫作技巧

〈史記〉是一部偉大的作品，大部分人都認同，至於它何以偉大，除了必須探討司馬遷的創作背景之外，勢必要對這部作品本身所顯示出的種種文學上的技巧，作一番仔細的舉證和說明。

我們喜歡一件藝術品，不能僅止於「直覺」地喜愛而已，要能說出「爲何」喜愛它及喜愛它的哪一部分？這樣才有評價的意義，（註一）透過這種評價，人類的文明才能傳遞、演進。

批評，最好的方法，就是把問題敍述得這樣，使讀者能夠自行根據列舉的事實，做出自己的結論。只有從事實出發的批評，對讀者才有某種意義。假使作品中有什麼東西，就指給讀者看，這樣比一心想像其中所沒有的東西，或是其中應當包含的東西，要好的多。（註二）

批評者分析一部作品的技巧，並不意謂這部作品的原作者就是依據這些技法去完成他的作品。常有人提出類如下述的一些問題：作者眞的如你所說，抱著那種創作意識嗎？作者眞的採用你所條述的那些技法嗎？你不是原作者，你怎能替他說話呢？

作者在寫作時，並不考慮什麼手法，而是考慮怎樣把意思表達清楚，表達正確，怎樣把感情表達出來，讀者加以分析，才提出這是什麼手法，那是什麼手法。

我們當然承認天下事理極爲複雜，不易言明；人心瞬息萬變，不易揣度。可是，人類有求知的慾望，對於發生在過去或眼前的事件，除了其現象的認知，尚有探究其根由的慾望，這種不僅滿足於「知其然」，還想「知其所以然」的慾望，正是知識的起源，也是人類文明演進的動力之一。我瞭解，時隔兩千年，想要去探索司馬遷的內心世界，不可能完滿無缺，不過，只要我們肯定此種求知的慾望，是人類向前、向上的本能，同時也是人類習得知識、技能的必經途徑，那麼，這件工作，仍是值得做的。

本文擬分五大部分，來討論司馬遷在寫作〈史記〉時，所表現出來的文學技巧：一、善於取材。二、把握主題。三、長於佈局。四、寫人生動。五、活用語言。因爲本文的重點，擺在文學上面，所以在舉例說明時，可能偏重在本紀、世家、列傳部分，至於八書、十二表，就比較少提到了。又如〈史記〉有些篇章，大抵依據〈左傳〉、〈國語〉、〈戰國策〉，甚至長篇地抄錄，比較不能代表他個人的創作技巧，本文在舉例時也儘可能避開。由於〈史記〉一書，曾有後人增補，有些部分被疑爲司馬談的手筆，這些部分，所佔的比例不高，而且多非定論，（註三）因此，基本上，大家可以如此認定，〈史記〉是司馬遷所作。用〈史記〉來分析司馬遷的寫作技巧，應該不會有太大的偏差或遺漏。

【附　註】

註一　參考允晨版〈科學與人文的護法—杜威〉第七七頁。

註二　參考〈文學理論資料滙編〉下冊一一三六頁。

註三　可參考徐文珊〈史記評介〉三七頁，及李長之〈司馬遷之人格與風格〉一五二頁。

第一節　善於取材

一件作品的完成及其存在意義，必須具備下列幾樣條件：一是作家、二是他採用的材料、三是透過技巧完成的作品、四是讀者。作家有他生存的時空範圍，當然，他可以透過閱讀或冥想，達到某種程度的時空超越。我們把他生存的時空，以宇宙來代稱，則作家寫作的素材，必定是取自於他對這個宇宙的觀察與感受。有了素材，作家透過文學手法，完成了他的作品。作品展現在讀者的面前，使讀者閱讀之後，重新對宇宙人生有一番新的認識。如果把這種順序倒轉過來，也是成立的：一個讀者生存在宇宙中，形成了他的個性與認知，他選擇了某件作品，透過作品，他對作家有了某種程度的瞭解，於是他可以進一步去捕捉作家對宇宙的反應。（註一）

上文提到寫作的素材，意指作家在他生存的宇宙中，對於某些事件，某種現象，某些人物有深刻的感受，認爲其間蘊含、象徵著某種意義，值得將它記錄下來，這些事件、現象、人物便是素材。素材不經編排、鋪張、設計……等等藝術手法處理，便只是一些資料、報導而已。

一個偉大的作家，以他敏銳的觀察和覺知，截取了某些素材，用以反映時代精神或人生百態。至於什麼素材可用？用來反映什麼？其間的抉擇，有賴作家對時代的深入瞭解，以及對生命諸般問題的深刻領悟，這方面的能力，偏重在學識領域上；至於發現素材的能力，就牽涉到感性的敏感度了。

周振甫認爲作家應該「從活處看」，就是從自己的生活中看出道理來，才不會講一些空泛的理論，才不致於流於一般化。「由於生活豐富多采，各人的生活體驗又不相同，所以能從生活中看出道理來，就不會雷同，不會一般化了。」（註二）司馬遷撰寫（史記），最終的目的，不外「究天人之際、通古今之變、成一家之言」，如果欠缺了在中國歷史上的確發生過的史事，如果作者不用自己的生活、遭遇、加上親身的採訪看出「天人之際、古今之變」的道理來，那麼，他絕不可能寫出引人入勝的一家之言，因爲他所寫的極可能流於空泛的高調，流於一般化。

司馬遷繼承父親，擔任太史，這個官職，使他能看到常人見不到的書籍和檔案；因爲曾走遍中國大半江山，親自探訪各地父老，這種條件，促使他對自己所處的時代，有相當概括性的認識。又因他個人的遭遇，引發他對生命的意義有極深沉的省察。憑著以上兩個優越的條件，使他對於素材的發現和選擇，達到超絕的成就。

張舜徽將司馬遷在這方面的成就，歸納成四點：

一、善於綜合過去一切舊資料，經過改造製作工夫，成爲有系統的新的東西。

二、對於敍述史事，採取詳近略遠的原則，絕不糾纏於荒遠無稽之談。

三、在取材方面，注意到全社會各階層的活動，盡可能地反映人類歷史的眞相，而不專爲一姓王朝服務。

四、在敍事方面，不避權貴，不怕罪禍，敢於竭力揭發統治者的一切罪惡。（註三）

對於材料的收集和取捨，司馬遷表現了他超人的眼光和魄力。凡是對於當代政治、經濟、軍事、學術思想有相當影響的人和事，他都盡可能不遺漏；對於一個朝代或一個人的成敗功過，凡是可以做爲後人殷鑑的，他都不遺餘力地加以描述。

莫泊桑認爲「藝術家在選定了主題之後，就只能在這充滿了偶然的、瑣碎的事件的生活裏，採取對他的題材有用的、具有特徵的細節，而把其餘的都拋在一邊。」（註四）黑格爾的美學觀點指出「作爲藝術的規律，Hirt（1759～1836）所謂特徵，是指某一事物在形象上、姿態上、表情上、色彩上、光影上異於另一件事物。如果我們追問什麼是特徵？回答該是首先爲一內容，也就是說一個感情、一個處境、一個事件、一個行動、一個確定的人物，其次是表現此內容的方法。在藝術上，特徵的原則，就在於把所有的表現手段都用來呈現內容，一切個別因素，都從屬於整體的表現。特徵的抽象定義，基於『細節以突出內容而存在』。」（註五）

例如司馬遷在〈史記〉中，寫下了衆多的各式各樣人物，上自帝王、將相、士大夫，下至遊俠、刺客、醫者、商人、俳優、文人、學士，也因此更完整地反映了當時的社會生活，在重現當時的時代風貌的同時，他也表達了他的主題，茲學數例，以爲說明：

伯夷叔齊讓國的故事，使他對當世爭逐功利的風氣，有強烈的批判，於是他覺得伯夷的故事，是很可採用的材料，因而寫成了〈伯夷列傳〉。他有感於「交遊莫救，左右親近不爲一言」（註六）的人情淡薄，想起了管仲和鮑叔牙的故事，於是他把管鮑的故事，加以鋪敍，寫成了感人的「生我者父母，知我者鮑子也。」（註七）的〈管晏列傳〉。晏子的御者，被他的妻子嘲笑，這也不是史家必記大事，而且也不關乎晏子的功業，但是司馬遷認爲，這個題材，可以表達「人的價值不在外表的權位」這個主題，於是，他花費了很大的篇幅，來細寫這一段插曲。（註八）

司馬遷有鑑於下邽人翟公的一段經歷：「始翟公爲廷尉，賓客闐門，及廢，門外可設雀羅。翟公復爲廷尉，賓客欲往，翟公乃大署其門曰『一死一生，乃知交情；一貧一富，乃知交態；一貴一賤，交情乃見。』」於是，他想起汲黯、鄭當時二人「內行脩絜」。家無餘財，反而貧苦孤落。汲黯在朝中，最看不慣公孫弘「懷詐飾智，以阿人主取容，而刀筆吏深文巧詆，陷人於罪，使不得反其眞」（註九）的作風。正直清廉的君子，反而遭到猜忌冷落，屈原如此，司馬遷自己又何嘗不是如此呢？所以，他把汲黯、鄭當時的事迹，加以編排、設計，藉以反映當時朝政的黑暗面。

司馬遷在〈孟荀列傳〉中說：「余讀孟子書，至梁惠王問何以利吾國，未嘗不廢書而歎也。」孔子說「放於利而行，多怨。」（註一〇）張耳、陳餘兩人，原是生死之交，後因爭權奪利，遂反目成仇，這個故事不是很好的題材嗎？當司馬遷寫完〈張耳陳餘列傳〉後，感歎地說：「張耳、陳餘始居約時，相然信以死，豈顧問哉！及據國爭權，卒相滅亡。何鄉者相慕用之誠，後相倍之戾也？豈非以利哉？」

為了暗示漢朝「外寬內嚴」的統治作風，司馬遷列述了好多位酷吏的為人與酷行。為了抗議漢朝再度步上秦始皇的中央集權，他寫了一些遊俠刺客的故事，為了反對漢武帝的經濟壟斷政策，他在〈貨殖列傳〉中表達了許多自由經濟的理念。

司馬遷「網羅天下舊聞，考之行事」，可見他的疏通工作，是建立在史料考訂的基礎上，加上他對時代的瞭解，展現了他善於擇取史料的良史之材。（註一一）班固說他繆於聖人，批評他先黃老後六經，序遊俠退處士，述貨殖羞賤貧，其實，這些取材方面的特徵，正代表司馬遷對時代有深入的瞭解。他不僅依憑深遠的眼光，善於取用最能表現時代精神，人生百態的題材，並且在隱約中，有了批判。顏炎武說：「古人作史，有不待論斷，而序事之中即見其指者，惟史公能之。」（註一二）他的作家個性，使他用鮮明的愛憎態度，實錄那些人物，於是使〈史記〉具備了深厚的教育意義。英國一位近代史學家Herbert Butterfield曾批評中國的傳統史學缺乏批判、解釋，他認為中國的史書，只是客觀史料的拉雜抄錄。這位先生，實在是不瞭解〈史記〉的精神。（註一三）

司馬遷寫的是全中國的歷史，不是帝王的起居注，要完成如此巨大的著作，材料當然是極為深廣豐富。由於他的秉賦和後天的教養，他能夠攝取極為豐富的材料。但是，這些材料，必須經過整理、歸納、和選擇。那些材料可用？那些材料不宜用？那些人值得立傳？那些人不必立傳？寫某人時，那些事強調細寫？那些事只須一筆帶過？那些事則根本不必提及？這一連串需要斟酌取捨的事，（註一四）如果沒有淵博的才學，和深遠的眼光，是無法勝任的！

法國評論家泰納（Taine）認爲藝術家在作品中，越是能夠集中產生效果的許多原素（如人物性格、情節、語言風格），他所要表白的特徵就越占支配地位。他說：「藝術品的本質，在於把一個對象的基本特徵，至少是重要的特徵，表現得越佔主導地位越好，越顯明越好。藝術家爲此特別删除那些遮蓋特徵的東西，挑出那些表明特徵的東西，對於特徵變質的部分，加以修正；對於特徵消失的部分，加以改造。」（註一五）又說：「爲聯繫這麼多的事件，調遣這麼多的人物，配合這麼長一條鑽營活動的鎖鏈，是非有異乎尋常的理解力不可的。他好像馬戲班的馬夫，一手掌握著五十匹雄健不馴的駿馬，要約束牠們，繞著圈子循行，而又不減低速度。」（註一六）

泰納形容巴爾札克的駕馭工夫，正可以借來形容司馬遷在取材方面的高度技巧。

【附　註】

註　一　劉若愚在〈中國文學理論〉第一章〈導論〉中，對於一件藝術品有關的四個要素，依據M.H.Abrams的說法，做了一些修正，並繪成圖解：

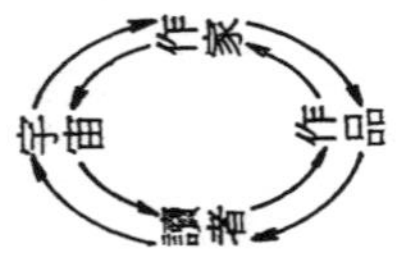

註二　參見周振甫〈文章例話〉一三五頁。

註三　見張舜徽〈中國歷史要籍介紹〉。（引自〈司馬遷—其人及其書〉一二六頁）

註四　見〈文學理論資料滙編〉下册九三〇頁。

註五　引自熊秉明〈關于羅丹—日記雜抄〉四八頁。

註六　見司馬遷〈報任少卿書〉。

註七　見〈管晏列傳〉。

註八　原文如下：「晏子為齊相，出，其御之妻從門閒而闚其夫。其夫為相御，擁大蓋，策駟馬，意氣揚揚，甚自得也。既而歸，其妻請去，夫問其故，妻曰：『晏子長不滿六尺，身相齊國，名顯諸侯，今者妾觀其出，志念深矣，常有以自下者。今子長八尺，乃為人僕御，然子之意自以為足，妾是以求去也。』其夫自抑損，晏子怪而問之，御以實對，晏子薦以為大夫。」

那位御者是否眞的升為大夫，或者其升為大夫的原因是否眞如司馬遷所述說之故事，又御者之妻是否眞能說出那一番精闢的道理，在史書上應該是一件亟待證實的事件，但是在司馬遷的創作技巧上，可以說是一種對題材的善於取捨和發揮。

註九　見〈汲鄭列傳〉。

註一〇　見〈論語里仁篇〉。

註一一　參考〈史學與傳統〉五頁。

註一二　見顧炎武〈日知錄〉卷二七〈史記于序事中寓論斷〉。

註一三　Herbert Butterfield在一九六一年於倫敦大學亞非研究院主講「歷史與人類對過去的態度」時，曾批評中國的傳統史官「避免描述背景或追問原因，避免談論歷史發展的整個觀念，甚至連世界的漸變也不去敍述了。」他認爲中國的史家缺乏西方史家「創造的綜合」的能力，他說中國史家觀此能力爲小說家的領域。就在一九六一年的年底，他修正了自己對中國史學的看法，他承認中國史家也有懷疑、批評的態度。詳細內容可參攷杜維運〈與西方史家論中國史學〉十八、十九、二十、二一頁，及一〇一頁。

註一四　對於史料的取捨，好比風景畫家在取景作畫時，總是在做選擇、簡化、構圖，捨棄他認爲不重要的部分，而著力於他認爲重要的部分。柯林烏的〈歷史的理念〉（陳明福譯述）三一四頁有詳實的討論。

註一五　引自泰納〈藝術哲學〉。（見〈文學理論資料滙編〉下冊九二八頁）

註一六　引自泰納〈巴爾札克論〉。（見〈文學理論資料滙編〉下冊九二九頁）

第二節　把握主題

我們雖然不必贊成說教式的實用理論的文學觀，但是，身爲一個認眞的讀者，總要問作者：「你到底想藉這部作品告訴我什麼？」這就牽涉到主題的範疇。主題有深淺、雅俗、廣狹之分，表達的技法也有巧拙、美醜、精粗之別。通常一位作家，心中有一主題，於是去尋找適當的題材來安放這個主題，當然，也有另外一種情況，便是作家先抓住了一個題材，才從這個題材裏找到一個主題，這種先後依附的關係並不一定。所以，上一節談到取材的問題，這一節討論主題的把握，並沒有特別強調先後的意思，就算是把這兩節的先後順序掉換，也不致破壞本文的整個結構。

由於司馬遷的秉賦不凡，學識淵博、見聞廣泛，加上他身處在一個大變動的時代裏，所以他能夠接觸到非常多樣、廣泛的題材。又因他那強烈的作家個性，以及自許甚高的使命感，使他對許多別人等閒視之的時代現象，和一般人痲木待之的人生諸問題，有極敏銳、深沉的感受，這些感受，便是他時時想要表達的主題。

司馬遷寫〈管晏列傳〉，他看出管仲「善因禍而爲福，轉敗而爲功。」他寫〈老莊申韓列傳〉，看出申不害、韓非之學本於老子。再如，他寫〈外戚世家〉、〈魏其、武安侯列傳〉，他看出武安侯的害人，是憑著太后的權勢，太后同外戚結合，控制朝廷，就會發生這樣的禍害。這種禍害之由來已久，所以說「禍所從來矣」。他的注意力不局限於武安侯個人的奸惡，而是看得更遠，指出太后和外戚結合的危害，這正是他的深心卓識。（註一）一個作家下筆寫作，總要在心中先有個命意，才好去取材，至於所立之意，是否深刻，則牽涉到他的學養器識了。

從他寫給任少卿的那封信，和〈太史公自序〉，可以看出，他作〈史記〉，旨在「述往事，思來者。」往事那麼龐雜繁多，怎麼取捨呢？這便是前文提到的取材問題。往事中必須要有反映時代精神，啓發生命意義的部分，才有敘述鋪寫的價值，這種往事寫出來，才能對世人有所啓發。上文已經談過他善於取材，現在讓我們來看看他要表達的主題是什麼？他如何在實際創作中把握主題？

司馬遷想要傳述的「往事」是什麼？他到底想要「來者」思索些什麼？具體言之，他要述的「往事」包含「天人之際、古今之變」；他要後人思索的也是「天人之際、古今之變」。因此，整部〈史記〉的大主題便是「究天人之際、通古今之變」。究天人之際，觸及到哲學的領域；通古今之變，則是史學的範疇。至於要如何將這種大主題，展現給世人，又是文學的擅場了。

以天與人相對，猶乎古今相對。〈史記〉中凡天人相對舉之處，人皆指人力而言。非人力所能及者，只好歸之於天。如〈禮書〉贊曰：「洋洋美德乎，宰制萬物，役使羣衆，豈人力也哉！」〈淮陰侯列傳〉，韓信對劉邦說：「且陛下所謂天授，非人力也！」〈酈生陸賈列傳〉，陸賈對尉佗說：「五年之間，海內平定，此非人力，天之所建也！」天命之威力誠然巨大，然而孔子所說「人能弘道」（註二）、荀子所言「錯人而思天，則失萬物之情。」（註三）總是或多或少影響司馬遷的觀念，因此，他記述漢初列侯，多坐法亡國，漢法網密，固然是一因，列侯及其子孫不知自愛，亦是咎由自取。至於董仲舒的天人感應之說，恐怕也曾影響司馬遷的觀點。所以，從歷史的興衰治亂中，窮究何者是天？何者是人？何者係人力所不能爲？何者係人事未盡使然？此類天人之交界線，天人之會合處，正是〈史記〉要探究的對象。（註四）荀子說：「故明於天子之分，則可謂至人矣！」（註五）司馬遷也想努力去做到至人的境界吧？

至於古今之變，亦即歷史演變的動因以及其軌跡，這是身爲史官的司馬遷必不可忽視的課題，〈史記〉中有關時、勢、命等觀念，實在和上述天人之際的天，有著微妙的牽連。從〈史記〉分類傳記的名目，如刺客、遊俠、循吏、酷吏、儒林、佞幸、滑稽、貨殖……等，可以看出他對歷史及社會現象，乃至推動歷史的複雜因素，都有極爲深刻的觀察。再如八書，始於〈禮書〉，終於〈平準〉；列傳始於〈伯夷〉，終於〈貨殖〉，更是明顯地訴說著社會價值的移轉，因而帶動了歷史趨勢的流向。

由於司馬遷高明的設計，用本紀、表、書、世家和列傳組合而成的〈史記〉，充分把握了歷史演進的精神，他所堅持的主題「究天人之際，通古今之變，成一家之言」，就在這個龐大而精密的結構中，充分地顯露出來。他的史學觀，便是他寫〈史記〉所堅守的主題。由於整部〈史記〉，都以他個人對歷史及人生的看法，做爲中心思想，加上他自己發明的架構，所以這一部巨構，極富個人的風格，這是其他史書所無法比擬的地方。

歷來的史學家，大都公認司馬遷在史書體制創建上的貢獻，但是他在把握主題這一方面表現出來的文學技法，却不大受人注意。文學作品和其他學術著述相異的地方，即在於主題（思想）、結構、文字結合得天衣無縫。光有深刻的思想、崇高的主題，可能成爲哲學家、教育家，却不一定能成爲作家，必須懂得設計結構，透過生動的文字，才能將主題深深打入人心。學者是把思想「告知」他人，作家却是把思想化作一種生命力，去「感動」他人。我們讀〈史記〉，固然不乏理性上的覺知，但是，感性上的共鳴，才是造成〈史記〉受人喜愛的眞正原因。司馬遷的思想是歷史的，他抱持的主題是歷史哲學，但是，他不滿足於生硬、呆板地將這個主題「告知」世人，他費心設計了精巧的結構，透過靈活的文字，他想讓世人讀〈史記〉時，有所思、有所悟、有所感。

整部〈史記〉有它的大主題，已如上述。史記一共一百三十篇，司馬遷在自序中，曾就每一篇的撰述，說出其原由，他又在每一篇的首或尾，寫一段批判性的感言，（註六）讀者在閱讀〈史記〉的每一篇時，如能參攷上述兩項資料，再細細品嚐本文字裏行間的內在精神，應該可以領會每一篇皆有其小主題。例如司馬遷在自序中謂：「受命而王，封禪之符罕用，用則萬靈罔不禋祀，追本諸神名山大川禮，作〈封禪書〉第六。」在〈封禪書〉結尾處，太史公曰：「余從巡祭天地諸神名山川而封禪焉，入壽宮侍神語，究觀方士祠官之意，於是退而論次自古以來用事於鬼神者，具見其表裏。後有君子，得以覽焉。若至俎豆珪幣之詳，獻酬之禮，則有司存。」鬼神祭祀，是古老的傳統，其中夾雜著祈福去禍的迷信，但經周公、孔子的努力，已把原始的迷信，減至最少的程度。周公、孔子的努力，可分成兩方面：一方面是將祭祀以「禮」加以簡化、限制。例如天子、諸侯、大夫、士、庶人，在祭祀的對象上各有分限，在祭祀的時日、用品方面，也各有差異。（註七）另一方面，將決定禍福之因素，由鬼神轉到人自身的行爲。（註八）如此一來，遂將祭祀轉化爲崇德報功的道德意義上。封禪，可以說是方士各種謊言的最高集結點，也是爲了滿足皇帝侈泰之心的最高表現形式，歷史上最先以封禪誇示功德的是秦始皇，繼之者爲漢武帝。（註九）秦始皇和漢武帝，在世俗的價値標準上，是兩位雄才大略，功蓋一世的人間之神，可是，司馬遷却看出來，他們兩人都因私心，破壞了周公、孔子努力促成的較進步、較理性的祭祀觀，反而倒回到迷信的、退步的原始境界。司馬遷在〈封禪書〉中細述了新垣平、李少君、文成將軍、五利將軍、公孫卿等滿口欺誑的方士，將漢武帝騙得團團轉的可笑故事。透過〈封禪書〉，則武帝自私、無知、貪婪的另一面，表露無遺，這是〈封禪書〉的小主題。

周振甫引錢鍾書〈管錐篇〉〈史記封禪書〉：「堂皇施之郊祀，則爲封禪；密勿行于宮闈，則爲巫蠱，要皆出于崇信方術之士。巫蠱之興起，與封禪之提倡，同歸而殊途者歟？」進而提出「蘇軾在〈仇池筆記〉中看出司馬遷的用意，〈封禪書〉中有用方術祭神咒匈奴、大宛，可見武帝本身在做巫蠱，巫蠱之獄的罪首，應是武帝，這就是看得比較深了。」（註一〇）眞正的歷史，應該透過政治社會的一些表相，直探其內在精神。〈封禪書〉的中心思想，正可以證成〈史記〉的大主題。

再如淳于髡事，見於〈滑稽列傳〉，但是，在〈孟荀列傳〉中却有一大段淳于髡見梁惠王之事。因〈孟荀列傳〉的基本精神，在反映戰國學術的趨勢，以及遊士的作風，於是淳于髡倍受梁惠王禮遇的事跡，正好烘托〈孟荀列傳〉的基本精神，當然不會將它誤置於〈滑稽列傳〉中了。

〈李斯列傳〉的基本精神，在於闡釋一個人由於畏懼貧賤，乃立志求名求利，及至功成名就，自然更懼怕失去已擁有之富貴，因而受制於人，終致身敗名裂的因果關係。所以，李斯曾經諫止攻伐匈奴的事情，只好放到〈平津侯主父列傳〉裏去。再說，李斯之所以反對攻伐匈奴，實在是站在爲民生著想的立場，頗有黃老思想的傾向，與〈李斯列傳〉以法家精神者不合，因此不便寫入其本傳之中。

信陵君、項羽、淮陰侯都是擅長兵法的人物，但是，司馬遷表現的方法不同。在〈魏公子列傳〉中，把信陵君寫成一個謙禮下士的仁者；在〈項羽本紀〉中，把項羽寫成爲一個敢於行動，視死若生的勇者；在〈淮陰侯列傳〉中，把韓信寫成爲兵不厭詐，善於出奇制勝的奇人。司馬遷不但在三人的傳記中，刻意地強調了每個人的人格特質，事實上更就其所具有的人格特質擴展爲整篇的生命情調，亦即透過這種人物的性格特質，再加上事件的變化，以及刻意選擇的場景，就構成了〈史記〉每一篇記傳所特有的文學情調的統一。（註一一）

歷史家為他的主題，所作的構圖，顯現出來的乃是一座基於權威敍述所提供的固定點而架設起來的想像建構之網。如果這些固定點的數目夠多，而且從一點到另一點之間的編織，都是透過先驗的想像，而小心翼翼地建構起來的，那麼全幅構圖恆可訴諸與料而獲得證實。換句話說，司馬遷依據前人記錄下來的史事，做為上述的固定點，然後加上自己建立在歷史器識上的先驗想像，（註一二）極為細心地建構起〈史記〉這部巨著。

雕塑大師羅丹曾說：「當一位雕塑家在工作時，不論是一座怎樣的人像，第一要全盤考慮總的動作，然後，一直到工作完成為止，要胸有成竹，牢牢記住這一座人像的總的概念是什麼，為了把作品最細微的地方不斷地歸結到這個中心思想上去，和他緊密地結合在一起，如果沒有十分強烈的思想上的努力，是做不到的。」（註一三）藝術品如是，文學作品尤然。可以說主題是目的，語言的運用、情節、局面的佈置、題材的選擇，都以主題為依歸。我們前面說過，〈史記〉一書有它的大主題，每一篇又有它的小主題，讀者閱讀〈史記〉的任何一篇，只要曾細心去體會，總是可以從中感受到司馬遷對於處在宇宙中的人的命運問題，站在古今遞變的歷史潮流中應有的認知問題，極力地想提出他個人的一家之言。待我們討論過司馬遷的所有文學技巧之後，自會發現他所有的寫作技巧，都是在為他的主題服務，而且服務得非常盡職，非常成功。

【附註】

註一　參考周振甫〈文章例話〉三七、八六、八七頁。

註二　見〈論語衞靈公篇〉。

註三　見〈荀子天論篇〉。

註四　參考阮芝生〈試論司馬遷所說的究天人之際〉。（見〈史學評論〉第六期）

註五　同註三。

註六　卽篇中的「太史公曰」一段，這也是司馬遷的大膽發明，班固的〈漢書〉仿此例，但改稱「贊曰」。

註七　這一方面的儀節，在〈儀禮〉，〈禮記〉中有極詳細的記載。又如〈論語八佾篇〉「孔子謂季氏八佾舞於庭，是可忍也，孰不可忍也！」卽指季氏乃潛越其應守之禮制。依禮，天子八佾，諸侯六，卿大夫四，季氏乃卿大夫，不應用八佾之禮。

註八　〈論語先進篇〉：季路問事鬼神，子曰：「未能事人，焉能事鬼？」〈孟子公孫丑篇〉引太甲曰：「天作孽猶可違，自作孽不可活。」都可看出重人事而次鬼神的旨意，至於〈荀子天論〉「君子亟其在己者，而不慕其在天者，是以日進也。」的觀念，更是證明。

註九　參考〈兩漢思想史〉卷三第三七二頁。

註一〇　參考〈文章例話〉三八、三九頁。

註一一　參見柯慶明〈文學美綜論〉一六七、一六八頁。

註一二　參考〈歷史的理念〉三二一頁。

註一三　見羅丹〈藝術論〉一一六頁。

第三節　長於佈局

本文所稱的「佈局」包括文章的結構設計和情節的安排。前文所提到的題材和主題，都還沒有正式涉及到文章形式的寫作技巧。題材好比是建築物的基礎和材料，主題是既定的目標。沒有基礎建材，當然無法蓋房子；缺乏主題，則在設計時無可依循。當然，有了基礎和目標，尚須設計、施工、修飾才能完工。文學創作中的「佈局」，好比建築上的設計藍圖，建築師在設計藍圖時，勢必要先瞭解屋主的理想、目標，然後要顧及地理位置、屋主財力，甚至所用的建材，都要在設計時先考慮清楚。寫作時亦然，從事佈局的工作時，必須把握住題材、主題，然後考慮安排那些人物？舞台背景是什麼？故事情節要怎樣推展？該用那一種筆調？這是一個相當複雜的問題。

整部〈史記〉的結構，由十二本紀、十表、八書、三十世家、七十列傳組成，這是一個大佈局，充分展示了司馬遷的史學觀，也因而把握了〈史記〉的大主題。佈局的目的，在烘托主題，佈局的依據，是站在取材的基礎上，佈局的技巧，樣式繁多。最能顯示出司馬遷在文學上的成就的部分，不在〈史記〉的大佈局，而在各篇內的小佈局，以及篇與篇之間的聯繫上。

大抵上，司馬遷記載歷史事件，不是採用平舖直敘的呆板手法，而是通過許多細節的描寫，緊張場面的穿插，來表現人物的性格，展現歷史的眞相。小說家不可以「告訴」讀者故事，而應該將故事化成行動來表現。一位藝術家必須經歷的痛苦教訓，是他不能讓作品被自己的希望、恐懼、成就或絕望所左右。他是個有感觸的儀器，以其所秉賦的光明，來照亮出眞理，或可能的眞理。（註一）司馬遷的成就，不僅敍事線索清楚，人物性格突出，而且富於故事性和戲劇性。（註二）敍事清楚，是優良散文的必備條件，人物突出和富戲劇效果，則已超越了詩賦的範疇，而是小說、戲劇的重要條件了。如果直接認定司馬遷是小說家或劇作家，固然會引起許多的辯詰，但是，說他富有創作小說、戲劇的技巧，應該是不爲過的。文學理論研究，都是依據已有的文學作品作歸納、分析、比較、解釋、命名、分類等工作，這種工作，也是魏晉以後才有少數人從事，（註三）在這些早期的文學理論著述中，也還未出現小說、戲劇的文類。（註四）因此，儘管（史記）中有許多篇章極爲符合現代人所稱的小說、戲劇的性質，傳統上，仍然不便直稱（史記）爲小說、或戲劇。

中國古典文學中，較富盛名的（三國演義）、（水滸傳）、（西遊記）、（西廂記）等作品，都是依據沿襲已久的傳說、話本加以聯綴、敷演而成。這些作品的成就，在於作者透過文學技巧，把故事鋪演得更曲折、人物描繪得更突出、結構經營得更完整、文字修飾得更優美。我們順著這條思路，去回想一下（史記）的創作，司馬遷何嘗不是搜集了許多資料，加以刪節、組合、鋪飾？所以，這種「演義」式的寫作方法，應該可以上推到（史記）。

（史記）的「表」，旨在對人事和時間的整理，「書」大抵在「述典章經制」，（註五）比較看不出佈局技巧；本紀重在記錄帝王的世系及政治之興廢，世家所以記封建制度下的政治形勢，及各國的世系與政教異同，（註六）也不容易顯示司馬遷的佈局工夫，因此，在下文舉例說明司馬遷的佈局技巧時，多以列傳爲主，當然，個人色彩較濃的本紀或世家，（註七）是不可以忽略的。以下將從場面佈置、情節安排和戲劇效果的經營三方面來說明司馬遷的佈局技巧。

一、場面的佈置

故事的發生，總不可少人、事、時、地等因素，近代劇本，也都在開頭處先介紹出場人物、時間、地點（或背景）。此處專講故事發生時的場面佈置，這種佈置類似近代的舞台、佈景設計。

有了人物、有了事件、有了主題，還得設計一個適切的場面，讓這些人、事上演。場面設計得好，觀衆會不自覺地跟隨劇情跑，什麼人物，在什麼場合出現，什麼事件，在那一種情況下發生，配合得天衣無縫，於是氣氛形成了，戲劇效果達到了，主題也顯示出來了。司馬遷在場面的設計和佈置方面，顯露了他在戲劇方面的才華，下面舉三個實例，來作說明：

「項王已殺卿子冠軍，威震楚國，名聞諸侯，乃遣當陽君、蒲將軍將卒二萬渡河，救鉅鹿。戰少利，陳餘復請兵項羽，乃悉引兵渡河。皆沉船，破釜甑，燒廬舍，持三日糧，以示士卒必死，無一還心。於是至則圍王離，與秦軍遇，九戰，絕其甬道，大破之，殺蘇角、虜王離。涉閒不降楚，自燒殺。

當是時，楚兵冠諸侯，諸侯軍救鉅鹿下者十餘壁，莫敢縱兵。及楚擊秦，諸將皆從壁上觀。楚戰士無不以一當十，楚兵呼聲動天，諸侯軍無不人人惴恐。於是已破秦軍，項羽召見諸侯將，入轅門，無不膝行而前，莫敢仰視。項羽由是始爲諸侯上將軍，諸侯皆屬焉。」（註八）

項王帶著大軍，前往鉅鹿城，第一景在河上，大軍過河的壯大場面可以想見，等大軍上了岸，他下令將船鑿沉，把鍋甑打破，將營舍燒毀，只帶了三日之糧，那種視死如歸勇往直前的氣氛產生了。當鏡頭轉到了戰場，我們可以看見有遠景、有近景，也有特寫鏡頭。遠景是諸侯軍作壁上觀，但見旗幟飄搖，却不敢出兵。近景是楚軍奮勇殺敵的緊張場面，特寫鏡頭有諸侯軍人人惴恐的表情，以及諸侯將領入轅門時，匍匐膝行、額角冒汗，不敢仰視的醜態……。經過司馬遷對場面的佈置，戰爭時的勇猛氣氛形成了，壯烈的楚軍和畏縮的諸侯軍之對比，增強了戲劇效果，於是主題—項羽狂飆式的神勇，也就自然顯露無遺。

「乃令騎皆下馬步行，持短兵接戰，獨籍所殺漢軍數百人，項王身亦被十餘創。顧見漢騎司馬呂馬童，曰：『若非吾故人乎？』馬童面之，指王翳曰：『此項王也！』項王乃曰：『吾聞漢購我頭千金、邑萬戶，吾爲若德。』乃自刎而死，王翳取其頭，餘騎相蹂踐爭項王，相殺者數十人。最其後，郎中騎楊喜、騎司馬呂馬童、郎中呂勝、楊武各得其一體，五人共會其體，皆是，故分其地爲五…。」

（註九）

在烏江岸邊，一片荒涼的沼澤地帶，（註一〇）滿身創傷的項王，領著二十六人，（註一一）被數千追兵包圍，這是一幅英雄末路的景象。項王在一次回頭中，看見了一位熟人——呂馬童，他也在追殺項王的人群中。呂馬童被認出來，很覺尷尬，倒是項王頗爲坦然地說道：「你們爲了賞金來追我，諒你們不是我的對手，我看我便成全了這位老朋友吧！」說完，揮刀自刎，可能還面帶微笑呢！那是對命運捉弄人的一種註解吧！如果是戲劇，此景必定將觀衆帶到驚愕、震駭的高峯。然後，我們便看到一群貪得賞金的人，爭搶項王的屍體，在爭搶的過程中，蹂踐相殺者，達數十人。如果這時把鏡頭轉到荒野上禿鷹、土狼爭食腐屍的場面，想必會有更深刻銳利的諷刺。經過司馬遷的設計、描繪，一股英雄末路的無奈，油然而生；好漢自己結束生命的悲壯，令人敬佩；（註一二）凡人爲利而爭逐的醜態，血淋淋地展現在讀者的面前。

「遂發，太子及賓客知其事者，皆白衣冠以送之。至易水之上，既祖取道，高漸離擊筑，荊軻和而歌，爲變徵之聲，士皆垂淚涕泣。又前而爲歌曰：『風蕭蕭兮易水寒，壯士一去兮不復還。』復爲羽聲慷慨，士皆瞋目，髮盡上指冠。於是荊軻就車而去，終已不顧。」（註一三）

荊軻爲燕太子丹刺秦王，明知此行乃有去無回，（註一四）友人都穿上了白色衣裳，悲愴的氣氛，因白色而襯托得更濃烈。送行的人們，來到了易水邊上，擺設了簡易的祭壇，路神祭罷，該是告別的時刻了。好友高漸離拿出隨身攜帶的筑，就地彈奏起來，荊軻隨即和著唱出：「風蕭蕭兮易水寒，壯士一去兮不復還！」悲悽有力的筑聲，伴著慷慨蒼涼的悲歌，在場的人都感染了極爲悲壯的情緒。最後，壯士貞正步上征塵，頭也不回地走了。這個場面，先有白色的象徵，後有歌聲的烘托，加上茫茫的江水，非常有效地把握住悲壯的氣氛。雖然這一段文字，也見於戰國策燕策，司馬遷只多了一個易水「之」上的之字，其餘全同，應該不能算是司馬遷的創作。但是，基於兩點理由，使我仍然舉此段爲例。一是戰國策的原始作者，至今仍未考定，至於編定的人，傳統上都承認是劉向，而劉向的年代比司馬遷爲晚，到底是司馬遷抄錄戰國策，抑或戰國策襲用史記，實無定論。二是就算司馬遷抄錄了戰國策的文字，此段文字的旨趣又不在史實，可見他是注意到了這段文字的文字效果，至少表示他認同甚至贊賞這一段文字的寫作技巧，因此他不加改易地全錄下來。總之，這一段文字，仍然可以用來證明司馬遷在場面佈置方面的重視和表達的工夫。

二、情節的安排

場面的佈置，重點在於處理背景，是屬於點和面的佈置；情節的安排，重點在於處理故事的發展，是屬於線的延伸。光是把一件事情，依據時空關係，敍述清楚，只能算是故事，並非情節。狄德羅說：

「假使歷史事實不夠驚奇，詩人應該用異常的情節來把它加強，假使是太過火了，他就應該用普通的情節去沖淡它。他必須精選情節，而在利用時應該善於節制，他應該把各個情節按照主題的重要性作適度的安排，並在它們之間造成一條幾乎不可缺少的聯繫。」（註一五）

司馬遷不能滿足於歷史故事的敍述和記錄，他對情節的安排，還包含了類似「起、承、轉、合」（註一六）的曲折變化，其中前後呼應，因果關係的處理，更是重點所在。下面舉幾個實例作爲說明：

秦始皇滅六國，併天下，廢封建，行郡縣，車同軌，書同文等等事功，固然是歷史上人所皆知，至於他的內心生活，司馬遷也曾巧妙地採用暗示手法，他的暗示方法，主要是靠情節的安排。在〈始皇本紀〉的起首，司馬遷寫道：「秦始皇帝者，秦莊襄王子也。莊襄王爲秦質於趙，見呂不韋姬，悅而取之，生始皇。」細心的人，會覺得其中有玄機，司馬遷雖不明講，但是，却暗示秦始皇的出生有些神秘，說不定他的父親就是呂不韋。

莊襄王死，政代立爲秦王，呂不韋爲相，封十萬戶。嫪毐封爲長信侯，「宮室犬馬，衣服苑囿馳獵恣毐，事無小大，皆決於毐，又以河西太原郡更爲毐國。」〈史記索隱〉引賈侍中之說，嫪毐與始皇之母有姦情。當時始皇雖已即位，惟年尚幼，對於呂不韋及嫪毐二人，不敢動手，但是，對於自己出生之曖昧，太后之淫亂，心中自然不是滋味。（註一七）後來嫪毐謀作亂，始皇會相國昌平君等攻毒，毒等敗走，「即令國中有生得毒賜錢百萬，殺之五十萬」，「十年，相國呂不韋坐嫪毐免。」始皇總算找到了藉口，可以清除這兩個眼中釘。「十二年，文信侯不韋死，竊葬。其舍人臨者，晉人也，逐出之；秦人六百石以上奪爵遷；五百石以下不臨，遷，勿奪爵。」文信侯之死，也是畏罪飲酖，死後却不敢公然行禮，凡其舍人有臨喪弔祭者，都受到遷逐、奪爵等處罰，可見始皇洩憤之一斑！

一個人的出生，有不可告人之曖昧內幕，終致形成他猜忌、狠苛的個性。始皇雖有政治、軍事方面的才能，統一天下，終因個性上的缺陷，造成專任苛法的敗筆，辛苦建立的王朝，旋即被揭竿而起的陳涉拖垮。呂不韋、嫪毐兩位配角的安排，牽成一條情節的線索，使讀者更能領悟秦始皇的個性，及其一生成敗的關鍵，這是司馬遷刻意安排情節的一例。

項羽的一生，叱咤風雲，敗於劉邦，因素固然很多，但是，志大才高而不好學，實在是主因。在〈項羽本紀〉的開頭，司馬遷寫道：「項籍少時學書不成，去，學劍，又不成，項梁怒之。籍曰：『書足以記名姓而已，劍一人敵，不足學，學萬人敵。』於是項梁乃教籍兵法，籍大喜，略知其意，又不肯竟學。」這「不肯竟學」四字，鑄成項羽一生最大的缺陷，他甚至到死仍然不悟。

項羽的優點不少，他志氣遠大，本紀中說：「秦始皇帝遊會稽，渡浙江，梁與籍俱觀，籍曰：『彼可取而代也！』梁掩其口曰：『毋妄言，族矣！』梁以此奇籍。」他心地善良，本紀有一段：「楚漢久相持未決，丁壯苦軍旅，老弱罷轉漕，項王謂漢王曰：『天下匈匈數歲者，徒以吾兩人耳，願與漢王挑戰決雌雄，毋徒苦天下之民父子爲也。』」他行事磊落，鴻門宴上，本可置劉邦於死地，却不肯下手。他遇事果斷，殺宋義，破釜沈舟以救鉅鹿，足可證明。他勇猛善戰，更不必細述。他有這麼多的優點，都因一個致命的缺點「不好學」而抵銷了！項羽本紀從起首便點明了他「不學」，發展成他逞勇力而不能與劉邦鬥智的相爭過程，最後，敗在劉邦手下，尚不覺悟，情節的安排，極爲合乎起、承、轉、合的歷程。

客觀地說，〈項羽本紀〉中，不乏司馬遷增飾渲染的情境，未必信實有徵，（註一八）這可解釋爲歷史家的想像，這種想像並非裝飾性的，而是結構性的。有了這種結構性的想像，才使情節更豐富，敍事更生動。（註一九）

讓我們再看一個例子，〈李斯列傳〉，開頭寫道：「李斯者，楚上蔡人也。」這是最正統的傳記寫法。接下來，司馬遷對李斯的個性背景，做了一段伏筆式的描繪：「年少時爲郡小吏，見吏舍厠中，鼠食不潔，近人犬，數驚恐之：斯入倉觀倉中鼠食積粟，居大廡之下，不見人犬之憂。於是李斯乃歎曰：『人之賢不肖，譬如鼠矣，在所自處耳。』」這是文學的筆法，拿一段小插曲來表達李斯的價值觀的形成。由於他秉持「詬莫大於卑賤，而悲莫甚於窮困」的人生觀，於是展開他一生的努力方向。他去向荀卿學帝王之術，學成之後，分析了當時的天下局勢，決心事秦，從投入呂不韋門下起，直至貴爲秦相，都可以顯示他的志氣和才幹。爲了向歷史作交代，司馬遷當然要花費較多的文筆，來記錄李斯的功業。當他輔佐秦始皇滅六國，一天下、廢封建、行郡縣、齊文字、定度量，乃至焚書坑儒，可以說是他的事業到達了顚峯。緊接著這個顚峯，衝突發生了，始皇一死，趙高逼他廢扶蘇立胡亥。趙高看穿了李斯的弱點—貪念富貴，兩人之間展開極爲複雜的抗爭，李斯內心的衝突、矛盾，在司馬遷的筆下，有極詳盡、生動的刻畫。最後，李斯終於因「恐懼，重爵祿，不知所出，乃阿二世意，欲求容。」竟然講出一大段昧沒良心的話。（註二〇）無奈，李斯雖已屈從趙高，矯詔廢扶蘇，立胡亥，仍然難逃爲趙高陷害之命運。李斯在死前，悔恨之情油然而生，司馬遷寫道：「斯出獄，與其中子俱執。顧謂其中子曰：『吾欲與若復牽黃犬，俱出上蔡東門，逐狡兔，豈可得乎？』遂父子相哭，而夷三族。」這又是一段極富文學意味的描繪，早已超越了史書的境界。

李斯的一生，從發起、展開、高峯、到衝突、敗亡，其中情節的起伏演變，非常明晰而完整。透過司馬遷的巧妙設計，〈李斯列傳〉有吸引人的故事性，又成功地表達了「價值觀決定了命運」的哲學主題，這種成就，非大作家無法達到。

泰納在論及藝術哲學時，曾經提到：「有如一條船從船塢中滑進大海，它需要一陣微風或大風，要看它是小艇或大帆船而定，鼓動大帆船的巨風，勢必叫小艇沈沒，推進小艇的微風，只能使大帆船在港口裏停著不動。因此，藝術家必須使人物的遭遇與性格配合。……他們所謂線索或情節，正是指一連串的故事或某一類的遭遇，特意安排來暴露性格，攪動心靈，使原來爲單調的習慣所掩蓋的深藏的本能，素來不知道的機能，一齊浮到面上。……同一個人物，可以受到各種不同的考驗，許多考驗可以安排得愈來愈嚴重，這是一切作家用來造成高潮的手法。總的性格，與前前後後的遭遇滙合之下，表現出性格的眞相和結局，達到最後的勝利或最後的毀滅。」（註二一）個人的性格和遭遇，本來就具有極爲密切的相互因果關係，在本書第二章第三節，曾就司馬遷的遭遇和他的個性之間的相關情形，做了說明。秦始皇、李斯和項羽的一生，都可以做爲極具象徵意義的實例。司馬遷寫他們，便充分地顯示出他善於佈局的功力。

上述三個舉例，旨在認明司馬遷善於把握主題，將因果關係貫穿於情節的安排之中，前後互相貫串呼應。至於段落與段落之間的轉承和銜接，他也有很高妙的手法。他常以一兩語總結上文，同時即開啓下文，使上下的段落，勾連密切，斷而不斷，文章的結構，在條暢疎朗進行中，自然融爲一體。（註二二）這種技法，在現代電影中，最常採用，導演利用鏡頭的轉換，敍述了劇情，當然在技術上，剪接的工作極關重要。文學是由文字組成，比畫面更具抽象性，需要聯想的成分更多，在段與段的轉承上，在情節的接替上，也就更需要妥爲安排，否則，其流暢性、連續性便會受到破壞。司馬遷的〈史記〉，是在寫人的歷史，每一個人，每一件事都難免牽涉到另外的人和事，也絕不可能只是單線發展的先後順序而已，其間的錯綜複雜，實不可能完全記錄下來，就算是能夠完全記錄下來，也一定是雜亂而不可卒讀。這一方面的處理技巧，我相信司馬遷是邊寫邊練，而達到相當成就的。我舉一例爲說：

〈蘇秦列傳〉開頭：「蘇秦者東周雒陽人也」，「東事於齊，而習之於鬼谷先生。」學了一段時日，「出遊數歲，大困而歸。」於是受到家人的嘲笑，乃自苦讀，「期年以出揣摩」，自謂「此可以說當世之君矣」，於是「求說周顯王」，但是「顯王左右素習知蘇秦，皆少之，弗信」，「乃西至秦」。從這一小段文字來看，提到了許多人，好幾個地方，有外在的事件，也有內心的思維，但是在司馬遷一筆寫下，讀來不覺雜亂，反而感到非常自然順暢。

在人事的記述中，有時不免要提到另外一個人，或交代另一件事，司馬遷也用了一些技巧。如（項羽本紀），「項梁前使項羽別攻襄城，襄城堅守不下，已拔，皆坑之。還報項梁，項梁聞陳王定死，召諸別將，會薛計事。」這件事情敍述告一段落之後，緊接著司馬遷寫道：「此時，沛公亦起沛，往焉。」很自然地交代了就在同時，沛公亦在沛起事。又如「章邯已破項梁軍，則以爲楚地兵不足憂，乃渡河擊趙，大破之。」司馬遷緊接著寫「當此時，趙歇爲王，陳餘爲將，張耳爲相，皆走入鉅鹿城。」他用「當此時」來轉接另一件事，預伏項羽救趙的前奏。類似「當此時」的轉承句式，另有「當是時」（註二三）的句例，有時放在句首，有時放在句中。文中若出現一個新的人物，司馬遷必定會在適當的時機，介紹這位新人。如「項梁聞陳嬰已下東陽，使使欲與連和俱西。」接下來司馬遷寫「陳嬰者故東陽令史，居縣中，素信謹，稱爲長者。」另如項羽四十萬大軍進駐新豐鴻門，欲擊時在霸上的沛公軍，正在緊急之時，司馬遷突然插入「楚左尹項伯者，項羽季父也。素善留侯張良，張良是時從沛公，項伯乃夜馳之沛公軍，私見張良，具告以事，欲呼張良與俱去。」於是才有後來的劉邦至鴻門謝罪，鴻門一宴，又影響楚漢後來的成敗。可見這些關鍵性的人事，司馬遷並不忽略，這是他盡到撰史的本份，至於將這些人事，穿插安排於文中，又不破壞全文的流暢性，統一性，這又是他在文學創作上的才華表現了。

三、戲劇效果的經營

佈局的目的，在於吸引讀者，進而展示主題。佈局要達到藝術境界，又能吸引讀者，則必須具備戲劇效果。本文並非專門討論戲劇的作品，只能就〈史記〉中，把富於戲劇效果的部分，提出來，以證明司馬遷在寫作的技巧上，也曾表現出這一方面的才能。

司馬遷在寫〈史記〉時，在佈局上採用了幾種手法，使我們讀後，能感受到其中的戲劇性。這些手法，大抵可以分爲四類：製造緊張氣氛、安排衝突場面、設計意外結果、隱含諷刺意味，分別舉例說明如下：

「范增數目項王，舉所佩玉玦以示之者三，項王默然不應。范增起，出召項莊，謂曰：『君王爲人不忍，若入前爲壽，壽畢請以劍舞，因擊沛公於坐殺之，不者若屬皆且爲所虜！』莊則入爲壽，壽畢曰：『君王與沛公飮，軍中無以爲樂，請以劍舞。』項王曰：『諾！』項莊拔劍起舞，項伯亦拔劍起舞，常以身翼蔽沛公，莊不得擊。於是張良至軍門見樊噲，樊噲曰：『今日之事何如？』良曰：『甚急，今者項莊拔劍舞，其意常在沛公也。』噲曰：『此迫矣，臣請入，與之同命！』噲即帶劍擁盾入軍門。交戟之衞士欲止不內，樊噲側其盾以撞，衞士仆地，噲遂入。披帷西嚮立，瞋目視項王，頭髮上指，目眥盡裂。項王按劍而跽，曰『客何爲者？』張良曰：『沛公之參乘樊噲者也。』項王曰：『壯士，賜之卮酒！』則與斗卮酒，噲拜謝，起立而飮之。項王曰：『賜之彘肩』，則與一生彘肩，樊噲覆其盾於地，加彘肩上，拔劍切而啗之。項王曰：『壯士，能復飮乎？』樊噲曰：『臣死且不避，

卮酒安足辭！……』（註二四）

從范增舉玉玦示意項王開始，已經呈現緊張氣氛，等到項莊舞劍，意在沛公，緊張氣氛升高了，當樊噲撞倒衞士，衝入營門，怒目視項王，項王按劍喝問，緊張氣氛已經升到高潮。待樊噲大口喝酒，大塊吃肉時，項王頻頻稱壯士，緊張氣氛方才稍微鬆弛下來，相信當時在座都緊張得不敢出聲。直到沛公等人借如厠之名逃去，鴻門宴上的緊張氣氛才平息下來。後人讀〈史記〉，每常舉鴻門宴爲言，實在是因爲作者將這一幕劇寫得極爲生動、緊張的緣故。

「荆軻奉樊於期頭函，而秦舞陽奉地圖匣，以次進至陛。秦舞陽色變振恐，群臣怪之，荆軻顧笑舞陽，前謝曰：『北蕃蠻夷之鄙人，未嘗見天子，故振慴，願大王少假借之，使得畢使於前。』秦王謂軻曰：『取舞陽所持地圖。』軻既取圖奏之。秦王發圖，圖窮而匕首見。因左手把秦王之袖，而右手持匕首揕之。未至身，秦王驚，自引而起，袖絕。拔劍，劍長，操其室，時惶急，劍堅，故不可立拔。荆軻逐秦王，秦王環柱而走。群臣皆愕，卒起不意，盡失其度，而秦法群臣侍殿上者不得持尺寸之兵，諸郎中執兵皆陳殿下，非有詔召不得上。方急時，不及召下兵，以故荆軻乃逐秦王。而卒惶急，無以擊軻，而以手共搏之。是時，侍醫夏無且以其所奉藥囊提荆軻也。秦王方環柱走，卒惶急，不知所爲，左右乃曰：『王負劍。』負劍，遂拔以擊荆軻，斷其左股。荆軻廢，乃引其匕首，以擿秦王，不中，中銅柱。秦王復擊軻，軻被八創，軻自知事不就，倚柱而笑，箕踞以罵曰：『事所以不成者，以欲生劫之，必得約契，以報太子也。』於是左右既前殺軻，秦王不怡者良久。」（註二五）

秦舞陽雖然是一個殺人不眨眼的不良少年，（註二六）可是一旦進入秦王宮庭，那種森嚴氣勢，以及威武的衞隊，已經令他嚇得臉色發白，兩手發抖。等到荊軻呈上地圖，秦王展開地圖，更是令人屏息不敢出氣，待圖窮匕首現，緊張氣氛終於升至顚峯。於是展開了一場追殺，司馬遷一連用了多次的「卒惶急」，配合著短促的句子，（註二七）更顯示出緊張的氣氛。最後，荊軻被殺，秦王不怡者良久，這場驚心動魄的緊張鏡頭，方才平息下來。荊軻刺秦王的故事，在民間流傳甚廣，我想那一幅緊張刺激的畫面，應該是吸引人的主因之一吧！

「望匈奴有數千騎，見廣以爲誘騎，皆驚上山。廣之百騎，皆大恐，欲馳還走。廣曰：『吾去大軍數十里，今如此以百騎走，匈奴追射我立盡。今我留，匈奴必以我爲大軍誘之，必不敢擊我。』廣令諸騎曰：『前！』前未到匈奴陳二里所止，令曰：『皆下馬解鞍。』其騎曰：『虜多且近，即有急，奈何？』廣曰：『彼虜以我爲走，今皆解鞍，以示不走，用堅其意。』於是胡騎遂不敢擊。有白馬將出護其兵，李廣上馬，與十餘騎犇射殺胡白馬將，而復還至其騎中，解鞍，令士皆縱馬臥。是時，會暮，胡兵終怪之，不敢擊。夜半時，胡兵亦以爲漢有伏軍於旁，欲夜取之，胡皆引兵而去。平旦，李

廣乃歸其大軍。」（註二八）

我們看〈三國演義〉，或觀賞平劇的〈空城計〉，都不免為孔明捏一把冷汗。孔明尚有一道城牆，與司馬懿的大軍隔開，而李廣卻深入敵境，身居谷中，敵騎在居高臨下的山上，其危險自是百倍於孔明。當李廣要他的部下解鞍休息時，別說那些騎士們心要跳出胸口，連讀者都要嚇出一身冷汗來。

以上三例，是就緊張氣氛的製造方面，來看司馬遷的寫作手法。下面來談一談他在安排衝突場面的例子：

「夏，丞相（田蚡）取燕王女為夫人，有太后詔，召列侯宗室皆往賀。魏其侯過灌夫，欲與俱，夫謝曰：『夫數以酒失得過丞相，丞相今者又與夫有郄。』魏其曰：『事已解。』彊與俱。飲酒酣，武安起為壽，坐皆避席伏。已魏其侯為壽，獨故人避席耳，餘半膝席。夫不悅，起行酒至武安，武安膝席曰：『不能滿觴。』夫怒，因嘻笑曰：『將軍貴人也，屬之。』（註二九）時武安不肯。行酒次至臨汝侯，臨汝侯方與程不識耳語，又不避席。夫無所發怒，乃罵臨汝侯曰：『生平毀程不識不直一錢，今日長者為壽，乃效女兒呫囁耳語！』武安謂灌夫曰：『程、李俱東西宮衛尉，今衆辱程將軍，仲孺（灌夫）獨不為李將軍地乎？』灌夫曰：『今日斬頭陷胸，何知程、李乎？』坐乃更衣，稍稍去。魏其侯去，麾（通指揮之揮）灌夫出。武安遂怒曰：『此吾驕灌夫罪。』乃令騎留灌夫，灌夫欲出不得。籍福起爲謝，案（即用力壓按）灌夫項令謝，夫愈怒，不肯謝。武安乃麾騎縛夫，置傳舍，召長史曰：『今日召宗室，有詔。』劾灌夫罵坐不敬，繫居室。」（註三〇）

司馬遷寫〈魏其、武安侯列傳〉，並非前後分開各半來寫，而是合併交錯寫成的。「魏其侯竇嬰者，孝文后從兄子也。」「武安侯田蚡者，孝景后同母弟也。」由於兩人在朝中爭寵，早已埋下了衝突的遠因，爲了展現漢廷中外戚爭寵的內幕，司馬遷又安插了一個關鍵人物—灌夫。司馬遷說他「爲人剛直，使酒，不好面諛。貴戚諸有勢在己之右，不欲加禮，必陵之；諸士在己之左，愈貧賤，尤益敬，與鈞。稠人廣衆，薦寵下輩。士亦以此多之。夫不喜文學，好任俠，已然諾。」這樣一位剛直任俠的漢子，眼見武安侯百般凌辱已失勢的魏其侯，自然忍不住要打抱不平，終於在一次酒席中，大罵起來。當然，他的下場是被拘禁了。魏其侯知道灌夫是爲他而被囚，乃對夫人說：「終不令灌仲孺獨死，嬰獨生。」於是在皇上面前和武安侯辯詰。武安侯在皇上面前說的一段話，極有深意，他說：「天下幸而安樂無事，蚡得爲肺腑，所好音樂、狗馬、田宅，蚡所愛倡優巧匠之屬！不如魏其、灌夫，日夜據聚天下豪傑壯士，與論議，腹誹而心謗，不仰視天而俯畫地，辟倪兩宮間，幸天下有變，而欲有大功。」從司馬遷的側面描述，輕易地看出魏其和灌夫是剛直講義氣的人，而武安則是心機極狠的奸臣。他深知漢皇的私心，大臣玩狗馬，愛女色是無傷大雅的，至於聚集有志氣的賓友在一起論學論政，那是統治者最畏忌的，當武安對魏其戴上一頂「腹誹心謗」的帽子時，是極爲陰險狠毒的。景帝問朝臣，兩人孰是孰非，御史大夫韓安國說兩人皆是，「唯明主裁之」，眞是明哲保身的官僚口氣。當時朝中只有汲黯、鄭當時幫魏其講話，其餘皆不敢答話。

司馬遷透過魏其侯和武安侯的衝突，進一步暗示了漢朝宮廷中爭權奪勢的內幕，也順便批判了漢朝政治的陰暗面。

其他的例子，如廉頗見藺相如拜爲上卿，位在己之上，怒道：「我爲趙將，有攻城野戰之大功，而藺相如徒以口舌爲勞，而位居我上。且相如素賤人，吾羞，不忍爲之下。」並且宣言：「我見相如，必辱之。」（註三一）讀者看到此處，不禁屏息以待，以藺相如舌戰秦王的「文勇」，遭遇有爭城野戰之「武勇」的廉頗，這個衝突將如何發展？相如體念國家的和諧團結，故意避開廉頗，他這種退避的行爲，使得門下的舍人都按耐不住了，紛紛求去。後來廉頗明白了藺相如以大局爲重的忍讓居心，遂「肉袒負荊，因賓客至藺相如門謝罪曰：『鄙賤之人不知將軍寬之至此也。』卒相與歡，爲刎頸之交。」

魏其侯和武安侯之間的衝突，最後結局是兩敗俱傷，（註三二）而廉頗與藺相如本來也有一觸即發的衝突危機，只因當事人能夠自省，終於化干戈爲玉帛，甚至結爲刎頸之交。同樣是衝突，起因不同、個性不同、結局亦異。其實，人生只是一場不斷蛻變與掙扎的經驗，靜定的境界只能在人們付出極大代價後的刹那間得之。任何人都應該承認：若沒有張力、沒有衝突、沒有邪惡，便不會有戲劇和小說，無論是喜劇的還是悲劇的。（註三三）司馬遷爲了更眞實地表現歷史和人生，他對衝突場面的安排，是曾經留意過的。

人類的現實生活中，庸俗、瑣碎、呆板的成分居多，所以對於意料之外的事件，總抱一分期待和好奇。當然，這種意外最好是驚喜，假如是一些不幸，那麼，只要不是發生在自己或親友的身上，仍然有欣賞的價值，不過，最好是發生在故事中或戲劇裏，那樣就不會有直接的受害者。所以，人類觀賞戲劇時，看見舞台上發生了意料之外的不幸，會同情流淚，看見劇中人得到了意外的好處，也會開懷大笑。（註三四）總之，意料之外的結果，總是非常吸引人的。有關司馬遷在寫人敍事之中，設計一些意外的結果，可以拿下面兩個例子作代表：

信數與蕭何語，何奇之。至南鄭，諸將行道亡者數十人，信度何等已數言上，上不我用，即亡。何聞信亡，不及以聞，自追之。人有言上曰：『丞相何亡』，上大怒，如失左右手。居一二日，何來謁上，上且怒且喜，罵何曰：『若亡，何也？』何曰：『臣不敢亡也，臣追亡者。』上曰：『若所追者誰？』何曰：『韓信也。』上復罵曰：『諸將亡者以十數，公無所追，追信，詐也。』（註三五）

劉邦最得力的助手蕭何也逃了？當然他要驚慌，只隔兩天，蕭何又回來了，他又出乎意料地高興起來。等到蕭何說他不是逃亡，而是去追回逃亡的人，又形成了另一個意外，待知道了蕭何那麼急切去追回的人，只不過是當時還籍籍無名的韓信，更是一次意外。

就在這一件事情之後，劉邦聽了蕭何的建議，要封韓信爲將。擇了良日，齋戒恭敬地設了壇場，當時「諸將皆喜，人人各自以爲得大將，至拜大將，乃韓信也，一軍皆驚。」這也是出人意表的發展。當項羽在垓下被漢軍圍困時，他帶了八百餘人，連夜潰圍而走，「項王至陰陵，迷失道，問一田父，田父紿曰：『左！』左，乃陷大澤中，以故漢追及之。」原以爲憑項王的武勇，潰圍之後，必是另一番局面，未料被一田父所騙，誤入沼澤地，這是一個意外。待項羽帶著殘餘的二十六騎，好不容易撐到了烏江岸邊，而且正巧只剩一艘小船停靠在岸邊，烏江亭長想渡項羽過江，不料項羽竟然拒絕了。讀者原盼望著項王渡江之後，東山再起，又有好戲看，不料他竟然放棄了這一條生路，這眞是一件大大的意外。

劇情的發展，固然要合乎情理，不過，在佈局的技巧上，製造一些意外，對於吸引讀者的好奇，是很有效的，但是，這種技巧，不宜濫用，否則易流於賣弄懸疑的通病。司馬遷在這一方面，似是不太著力，所以，整個來說，〈史記〉中，設計意外、故弄懸疑的例子，並不多見。

最後，我們要談到司馬遷的諷刺手法，諷刺在西方的喜劇中，佔了很重要的地位。（註三六）大概是由於中國讀書人的恕道思想，中國傳統的文學，除了詩三百篇要負起「諷諫」的功能之外，純正的諷刺筆法，並不多見。傳統的諷刺，偏重在諫諍勸善，雖然沒有明講，不過，說教的意味太濃，而批判、抗議的精神太少。（註三七）像〈儒林外史〉一類的諷刺小說，批判、挖苦的味道很夠，可是，其背後的理論基礎，似嫌薄弱，而且，「愛之深、責之切」的胸懷，也嫌不夠。（註三八）

司馬遷對文化、對歷史，有一份關愛；對於歷史的眞面目和人生的究竟，他有極爲深刻的認知；對於違背人性，阻礙歷史文化發展的人物或制度，他有批評的勇氣。他的抗議和批判，乃基於他的愛心，他這一顆愛心，不是愛一己的名利。但是在一般世俗以利爲生活鵠的人看來，往往以爲司馬遷的批判、諷刺是出於怨懟和報復。我所稱許的諷刺，需要具備四項條件：一是無私的大愛，二是冷靜的認知。三是抗議的勇氣。四是優美的表達技巧。司馬遷具備了上述四項條件，因此，他寫（史記）時所用的諷刺的手法，是相當高明的，下面舉一些實例來作說明：

「太后遂斷戚夫人手足，去眼煇耳，飲瘖藥，使居厠中，命曰『人彘』。居數日，迺召孝惠帝觀人彘。孝惠見問，迺知其戚夫人，迺大哭，因病，歲餘不能起，使人請太后曰：『此非人所爲，臣爲太后子，終不能治天下。』孝惠以此日飲爲淫樂，不聽政，故有病也。」（註三九）

司馬遷說呂后「爲人剛毅，佐高祖定天下，所誅大臣，多呂后力。」她最怨的便是高祖寵幸的戚夫人，及其子趙王如意，她設計毒死了趙王如意，然後她砍斷了戚夫人的手足，挖去她的雙眼，用火薰聾她的耳朵，逼她吃下致瘖啞的藥，還把她丟到茅厠中，最狠的是呂后還要叫兒子去觀賞那個「人彘」。

呂后稱被陵遲的戚夫人爲「人彘」，孝惠又說「此非人所爲」，這是違反人性的作爲，司馬遷基於人道，要提出諷刺、批判。雖是批判，司馬遷用了些文學手法，不明言呂后狠毒，而呂后狠毒的爲人，深刻地印在讀者的心中。如此狠毒的女人，正是幫助高祖得天下、殺功臣的得力助手。對於這樣的政權中心，正是身爲史家要筆伐的對象，也是身爲作家要描繪，以思來者的題材。司馬遷不用尖刻的文字，不用激烈的語氣，在平靜的敍述中隱含了極爲深刻的諷刺意味，這是他寫作技巧高明的一例。

淮陰侯韓信，是劉、項成敗的關鍵人物之一，盱眙人武涉勸他背漢投楚，他說：「漢王授我上將軍印，予我數萬衆，解衣衣我，推食食我，言聽計用，故吾得以至於此。夫人深親信我，我倍之不祥，雖死不易，幸爲信謝項王。」齊人蒯通力勸韓信背漢，（註四〇）他又說：「漢王遇我甚厚，載我以其車，衣我以其衣，食我以其食。吾聞之『乘人之車者，載人之患；衣人衣者，懷人之憂；食人之食者，死人之事。』吾豈可以鄉利背義乎！」雖經蒯通再三分析，他仍然猶豫不忍背叛。最後却被呂后騙至長樂宮，難逃殺身之禍。韓信死前，方才說道：「吾悔不用蒯通之計，乃爲兒女子所詐，豈非天哉！」

韓信一再地拒絕他人的勸誘，不肯背漢，最後却被加上背叛之名，遭到夷三族的下場。妙的是，當初向劉邦推薦韓信的是蕭何，把中途逃亡的韓信追回來的也是蕭何，最後，和呂后同謀詐殺韓信的也是蕭何，這不是莫大的諷刺嗎？

當高祖從外面回宮，知道韓信已死，司馬遷輕巧地用「且喜且憐之」一筆帶過。這個「喜」和「憐」字，用得絕妙。韓信爲高祖爭得了天下，如今韓信已死，高祖憐之，也是人情之常，就如項王死後，他也曾「爲發哀，泣之而去」，（註四一）大概是英雄惜英雄吧！至於這個「喜」字，諷刺意味十足。韓信雖是呂后所害，其實高祖早就想除去這位有「震主之威」的功臣了。如今呂后幫他下手，何樂不爲？爲了表示愛才，他需要表演一下「憐之」的形象，但是「眼中釘」已去，又不禁令他「喜」上眉梢。一邊是死心塌地的忠愛，一邊却是處心積慮地利用，利用已完則除之而後快。整篇〈淮陰侯列傳〉，都在抗議，都在諷刺。（註四二）

透過場面佈置，情節安排和戲劇效果的經營，司馬遷把〈史記〉寫得更像文學作品。其實，小說家與歷史家，都以構圖爲正務，圖案中都包含事件的敍述、情境的描繪、動機的展現和人物的分析。他們的目標，都在使其構圖成爲一個條貫的整體，其中的每一個人物與情境都和其他的人物與情境密切關連，以致這個人物在這種情境之下，乃不得不依這樣方式行爲，而且我們也無法想像他還能依別樣方式行爲。（註四三）〈項羽本紀〉中的項羽、〈李斯列傳〉中的李斯、〈淮陰侯列傳〉中的韓信，都是在司馬遷的小說式構圖中，表現他們的一生。

褚威格在〈巴爾札克傳〉中，說：「作者（指巴爾札克）在本書中，試圖把一個時代的精神重現出來，並將歷史上一樁偶然事件賦予生命。他寧用活生生的口語，而不用官方文書式的記錄，寧寫戰爭本身而不寫戰爭的報告。而且，他採用了戲劇式的動態，以代替史詩體的敍述。」（註四四）巴爾札克計畫用一連串的小說，來描繪人間喜劇，其大綱包含私人生活的場景、田園生活的場景、巴黎生活的場景、政治生活的場景、軍旅生活的場景、鄉村生活的場景。（註四五）巴氏被譽爲法國最偉大的小說家，他的企圖，不是早已在兩千年前的中國，就有一位大作家司馬遷眞正在做，而且做得極有成就了嗎？

【附　註】

註　一　參考〈西洋文學批評史〉六二八頁。

註　二　可參考〈司馬遷之人格與風格〉三五〇頁、以及復文〈新編中國文學史〉第一冊一五五頁。

註　三　把文學當作一個獨立的個體，加以重視，並予分析評論的，可以曹丕的〈典論論文〉開其端。到西晉的陸機寫〈文賦〉，已經提出內容和形式並重，情感與想像不可缺、反對模擬的文學理論。到葛洪更發展出文學是進化的理論，等到南北朝時代的劉勰著〈文心雕龍〉、鍾嶸著〈詩品〉，中國的文學批評，方才建立起穩固的地位。

註　四　〈漢書藝文誌〉把小說列爲九流十家之一，指的是街談巷語、道聽途說，不能算是文學中的小說。眞正具小說雛形的除了上古的神話和傳說之外，應該以魏晉間興起的志怪小說爲開端。唐代的傳奇，使文言小說具有藝術價值，在文學史上獲得地位。至於戲劇的成型，比小說更晚。直到宋朝，隨著歌詞、小說的興起，社會經濟的繁榮、宮庭的韋樂，加上「坊市制度」由官立轉爲民間自由設立，營業時間不受限制，做生意的人可以做到三更半夜，經常性的娛樂表演，才應運而生，於是作爲娛樂品的戲劇，才得到發展的機會。（可參考漁父評唐文標〈中國古代戲劇史初稿〉，答杭之〈批評文章不是這樣寫的〉而寫成的〈歷史方法諸問題〉，見中國時報人間副刊七五年五月十五日至十七日）

註　五　見馬端臨〈文獻通考〉自序：「太史公號稱良史，作爲紀傳書表，紀傳以述理亂興衰，八書以述典章經制。」

註　六　參考〈兩漢思想史〉卷三第三四四頁。

註　七　如〈項羽本紀〉、〈始皇本紀〉、〈孔子世家〉、〈留侯世家〉等。

註　八　見〈項羽本紀〉。

註　九　同上。

註一〇　〈項羽本紀〉：「項王至陰陵，迷失道，問一田父，田父紿曰：『左』，左乃陷大澤中。」

註一一　〈項羽本紀〉：「項王乃復引兵而東，至東城，乃有二十八騎。……復聚其騎，亡其兩騎耳。」

註一二　卡繆說：「這是一種人性價值之突然而痛心的揭曉，這價值位於淸白和罪狀、有理和無理、歷史和永恆之中途。在此項發現之一刹，只在這一刹，有一種奇妙的安詳，最後勝利的安詳，降在這些絕望者的心中。他們用其自我之犧牲，使人知道，他要的眞正自由不在於殺人，而在於處置自己之生命的自由。」（見〈文學美綜論〉三一二、三一三頁所引。）

註一三　見〈刺客列傳〉。

註一四　〈史記刺客列傳〉：「頃之，未發，太子遲之，疑其改悔，乃復請曰：『日已盡矣，荊卿豈有意哉？丹請得先遣秦舞陽。』荊軻怒叱太子曰：『何太子之遣，往而不返者豎子也。』」

註一五　引自〈文學理論資料滙編〉上册三三八頁。

註一六　情節不同於故事，故事英文稱tale，情節則稱plot，小說的情節，可以分成背景介紹、上升開展、高潮、下降轉變、結局等五段過程，大類於習慣上說的起、承、轉、合。轉包含高潮和下降，合相當於結局。

註一七　〈史記呂不韋列傳〉：「呂不韋取邯鄲諸姬絕好善舞者與居，知有身。子楚從不韋飲，見而說之，因起爲壽請之，呂不韋怒，念業已破家爲子楚，欲以釣奇，乃遂獻其姬，姬自匿有身，至大期時生子政。」又「秦王年少，太后時時竊私通呂不韋。」又「始皇帝益壯，太后淫不止，呂不韋恐覺禍及己，乃私求大陰人嫪毒，以爲舍人。時縱倡樂，使毒以其陰關桐輪而行，令太后聞之，以啗太后。太后聞，果欲私得之，呂不韋乃進嫪毒，詐令人以腐罪告之。不韋又陰謂太后曰：『可事詐腐，則得給事中。』太后乃陰厚賜主腐者吏，詐論之，拔其鬚眉爲宦者，遂得侍太后。太后私與通，絕愛之。」

註一八　呂思勉在〈秦漢史〉中說：「七十老翁，有如是魯莽者乎？（范增一再宣稱『吾屬今爲之虜矣！』）其非實錄，不待言矣。」甚至以爲〈史記〉「鴻門宴」一事乃「詼詭幾類平話」。董份亦指出鴻門宴之不可信處（如沛公如厠良久未返席，何以無人起疑追問？）「類平話」正是史家將情節滲入史料，以達到鋪飾之功能。（參考〈文學美綜論〉二五五頁）

註一九　參見〈歷史的理念〉三二〇頁，及〈管錐篇〉第一冊三一九頁。

註二〇　〈史記李斯列傳〉：「李斯恐懼，重爵祿，不知所出，乃阿二世意，欲求容，以書對曰：『夫賢主者，必且能全道，而行督責之術者也。……』」他說這一段話，大抵引用韓非的論點，勸君王嚴督責，深刑罰，以行獨斷，使「群臣百姓救過不給，何變之敢圖？」書奏，二世悅，從此督責益嚴，「稅民深者爲明吏」「殺人衆者爲忠臣。」

註二一　引自〈文學理論資料滙編〉上冊三五一頁。

註二二　參考〈兩漢思想史〉卷三第四一六頁。

註二三　如〈項羽本紀〉：「當是時，秦嘉已立景駒爲楚王」、「當是時，諸將皆慴服，莫敢枝梧」、「當是時，項羽兵四十萬在新豐鴻門」。又如「初，宋義所遇齊使者高陵君顯在楚軍，見楚王」，這個「初」字，也是句子轉承時，常用的字。

註二四　見〈項羽本紀〉。

註二五　見〈刺客列傳〉。

註二六　〈刺客列傳〉：「燕國有勇士秦武陽，年十三，殺人，人不敢忤視。」

註二七　如「未至身，秦王驚，自引而起，袖絕。拔劍，操其室。時惶急，劍堅，故不可立拔。」

註二八　見〈李將軍列傳〉。

註二九　屬，〈史記集解〉引徐廣曰：「屬，一作畢。」

註三〇　見〈魏其、武安侯列傳〉。

註三一　見〈廉頗、藺相如列傳〉。

註三二　魏其侯棄市渭城，武安侯坐衣襜褕入宮不敬，國除。

註三三　參考〈西洋文學批評史〉六八八頁。

註三四　舞台上的戲劇和現實人生，有一段距離，在台下觀賞的人，和劇中人物的遭遇有一段微妙的心理距離，才會產生悲或喜的情感發洩。可以參攷朱光潛〈文藝心理學〉三二四、三二五頁。

註三五　見〈淮陰侯列傳〉。

註三六　喜劇好比是一面人生的哈哈鏡，一照之下，不但醜相畢露，而且這醜相可能要誇而大之。上乘的喜劇，是點出衆人未見之處，是把嚴肅化爲輕鬆，是把一般人習以爲常的可笑處，顯露出來。人生的醜相，要點出來，所以需要「刺」；爲求其輕鬆，且避開直言的不良後果，所以需要「諷」，諷刺的手法，是造成戲劇效果不可少的要素。

註三七　如司馬相如的賦，雖說亦在諷諫，其實正如司馬遷說的「多虛辭濫說」。

註三八　中野美代子著，劉禾山譯〈從中國小說看中國人的思考方式〉七一頁：「馬休・賀察特說：『諷刺家是想揭開別人的假面具，而自己戴上假面具的人。』然而，吳敬梓却爲了要揭開他人的假面具，而暴露出自己的眞面孔。他諷刺的目標，是科擧、是官僚，至於科擧和官僚背後的文化背景，他並未深入探討。」

註三九　見〈呂后本紀〉。

註四〇　〈史記淮陰侯列傳〉，蒯通曰：「相君之面，不過封侯，又危不安；相君之背，貴乃不可言。……當今兩主之命，縣於足下，足下爲漢則漢勝，與楚則楚勝。臣願披腹心、輸肝膽、效愚計，恐足下不能用也。誠能聽臣之計，莫若兩利而俱存之，參分天下，鼎足而居。」

註四一　見〈項羽本紀〉。

註四二　借諷一定要切合時弊，才能收到使人認識時代的作用，才有可能對救弊達到一點作用。（見〈文章例話〉二一八頁）

註四三　參見〈歷史的理念〉三二五、三二六頁。

註四四　見〈巴爾札克傳〉一二九頁。

註四五　同上註三八五頁。

第四節　寫人生動

人物是小說的要素之一，古今中外的偉大小說，都有令讀者難忘的典型人物。這些典型人物，都是作家刻意塑造成功的。如中國小說〈紅樓夢〉中的賈寶玉、林黛玉、鳳姐、劉姥姥，又如〈水滸傳〉裏的武松、潘金蓮，再如〈三國演義〉裏的關羽、張飛。這些人物，活生生地活在許多人的腦海裏。那些故事情節，可能已經淡忘，但是，那些人物却想忘都忘不了！至於西洋小說中的典型人物，何嘗不是如此令人難忘？像歌德所塑造的浮士德、塞萬提斯寫出來的唐吉軻德、馬克吐溫描繪的頑童湯姆……這些人已經成了人們心目中根深蒂固的典型人物。如果我們的朋友中，有一位粗聲粗氣的傢伙，也許我們就戲稱他為「張飛」；當我們看到一個人天眞而勇敢地向惡勢力挑戰，我們會說他是「現代的唐吉軻德」。

在小說或戲劇裏的人物，常存著一種典型性和個別性的微妙關係。所謂典型性，是代表著人類之中某一樣式的最鮮明的性格特徵，指的不是一個人，而是某一種人。但是人物如果只具備典型性，又容易流於概念性，而顯得模糊。因此可以說，人物的描寫，必須具備個別性，人物才有生命，才不是概念化的模糊角色；必須具備典型性，人物才有象徵意義，才是創作而不是報導記錄。

司馬遷的〈史記〉，絕大部分以人物為主，被他寫「活」了的人物，眞可謂不勝枚數，項羽、李廣、李斯、趙高、韓信、灌夫、魏公子……是其中較著者。司馬遷把人物寫活了，雖然仍不便直接稱〈史記〉為小說，但是，至少可以從此進一步了解，文學家稱〈史記〉具有文學價值，至今一般讀者獨獨鍾愛二十餘部正史中的〈史記〉，是有原因的。

司馬遷在述事時，固然忠於歷史事實，但在寫人時，卻把歷史中的人物寫活了。雖然那些歷史人物非他虛構，但是，經他的文學之筆加以描繪，像是重新獲得了生命，活躍在讀者的眼前和心中。他之所以能把人物寫活了，也是有原因可尋的：一是他在取材時，已經選擇了本身頗具典型的人物。二是他對人認識很深刻，他體認到人是具有多面性的個體，有善的一面，也有惡的一面，有表的一面，也有裏的一面。三是他具有高明的表達能力。

毛姆說：「一個作家如能透過他自己的個性，看他的人物，如果他的個性又是與衆不同，給人以新鮮脫俗之感，那個作家就是幸運的。」（註一）司馬遷的抗議精神和悲劇個性，可以說是與衆不同的，因此，透過他這種與衆不同的個性，所描繪成功的人物，必然顯得新鮮脫俗。至於（史記）中的人物，是歷史中的眞實人物，並非司馬遷創造出來，但不能否定司馬遷的創作才華，爲什麼呢？其實，我們不能苛求作家所創造的人物都是新的，他取材自人性，人雖有各種類型，各種境遇，但是，人畢竟有共通性，所以人的類型絕不是無窮盡的。因此，要作家每一次都創造出一個嶄新，從未出現過的全新人物，是不可能的事。司馬遷能夠將歷史上各色人物，描繪得那樣有生命，已足夠證明他的創作才華。

徐復觀說：「每一個人的生活歷程，多是曲折而繁複的，若一一作具體的敍述，不僅筆墨不勝其繁，且其人的眞正精神面貌的特性，反因過繁而混雜隱晦。若爲求簡化而作抽象性的概括，則易使人物因一般化而失其眞實感。史公能掌握具體的關鍵性材料，以顯露人物精神面貌的特性。」（註二）

司馬遷能夠把歷史上的人物，寫得有血有肉有生命，自然是有賴於種種技巧。我們固然深知作家絕不可能呆板地依據所謂技法來寫他的作品中的人物，但是，爲了便於分析探討司馬遷在人物描寫上的成就，此節將分五個重點來討論，亦即我認爲他是透過一、描繪像貌，二、捕捉動作，三、揣摹口氣，四、刻畫心理，五、交代行業等五種主要技巧，才能將人物寫得如此出色。

一、描繪像貌

對一個人的外貌加以描繪，可以直接予讀者一個明晰印象。雖然俗語說「人不可貌相」，但是，在現實生活中，一般人仍有以貌度人的習慣，在文學作品中，更是明顯。讀者通常會不自覺地依據人物的外貌，來猜測其個性爲人。作家在作品中，勾畫出人物的像貌，通常都是爲了增強人物的造形，俾讀者在欣賞作品時，能有更具體、更明晰的印象。如〈秦始皇本紀〉，借尉繚的話來描繪始皇的像貌：

「繚曰：『秦王爲人，蜂準，長目，摯鳥膺，豺聲，少恩而虎狼心，居約易出人下，得志亦輕食人。』」

司馬遷借尉繚的形容，令讀者腦海裏，展現出一位高鼻、細眼、尖胸、豺聲的人物。這樣一位人物，自然予人陰狠、尖刻、猜忌的聯想，若套一句今人的話，可以說是頗富臉譜效果。又如：

「蒼坐法當斬，解衣伏質，身長大，肥白如瓠。時王陵見而怪其美士，乃言沛公，赦勿斬。」（註三）

長大肥白的一個大男人，橫陳眼前，其形如瓠，這是一幅多麼生動的畫面！從他的外形來看，也可以猜到絕不是從事勞力工作，或善於衝鋒爭戰的人物，原來他是一個好書律曆的文人，這是一個相當符合世俗聯想的典型人物。

孔夫子都有以貌取人而看錯人的經驗，可見世間本有「人不可貌相」的事實，司馬遷在〈管晏列傳〉中，借一位車夫的妻子說了一段話：

「晏子長不滿六尺，身相齊國，名顯諸侯。今者妾觀其出，志念深矣，常有以自下者。今子長八尺，乃爲人僕御，然子之意自以爲足，妾是以求去也。」

身材不滿六尺，謙默低下的晏子，原是名顯諸侯的齊相；身高八尺的大漢，趾高氣昂，卻是晏子的車夫。這樣出乎一般人聯想習慣的典型人物，反而予讀者更深刻難忘的印象。司馬遷在寫完留侯張良的傳記之後，說：

「余以爲其人計魁梧奇偉，至見其圖，狀貌如婦人好女。蓋孔子曰：『以貌取人，失之子羽。』（註四）留侯亦云。」

一位功蓋漢世，曾在搏浪沙狙擊秦始皇的硬漢，却長得像姣好的婦人，眞是出人意表。不過，只要細細回想，張良一生，多以奇計見長，而非武功過人，再如在下邳橋上和黃石老人（註五）的奇遇，加上禁食學赤松子（註六）的行徑，應該可以接受他「狀貌如婦人好女」的形象。

二、捕捉動作

此處所言「動作」，包含表情和行動。人類是所有動物中，表情最豐富的，一個人除非有意使詐，否則內心的喜怒哀樂，通常都會表現在表情和動作上面。作家在描寫人物時，遂常使用表情、動作來代替語言和文字，戲劇電影上用的尤其多。比起外貌，一個人的表情和不經意的動作，更能傳達他的心意，所以，使用這種方法來描繪人物，就能達到比上述那種方式更好的效果。

司馬遷在〈項羽本紀〉中，描寫項羽遇到不順遂的事，總是「大怒」，然後便是燒殺；至於劉邦，每當遭逢棘手的事，總是「大驚」，然後便是向左右問一句「爲之奈何」。（註七）他們兩人在突然遭遇棘手的事情時，第一個反應是相當直覺地，也因此更能反映他們的個性上的差異。

由於項羽和劉邦在個性上的對照，令人聯想到悲劇英雄之異於喜劇人物。從鴻門宴開始，司馬遷顯然是有意塑造劉邦爲一喜劇人物，喜劇人物具有人情翻覆似波瀾的出爾反爾作風，爲了一時方便或利益，可以心安理得地取巧，因此，喜劇人物往往是成功者。（註八）相對喜劇個性的劉邦，項羽具備極爲強烈的悲劇個性。劉、項之成敗關鍵，固然包含了政治號召和軍事策略，然而他們兩人在個性上的差異，也是主因之一。這種主題意識，始終是司馬遷想要表達的重心，從單篇的小主題來說，是「個性決定命運」，從整部（史記）來說，是「究天人之際」，本章第二節，已有討論，此處不再重覆。

在「呂太后本紀」中有一段記載：

「七年秋八月戊寅，孝惠帝崩，發喪，太后哭，泣不下。留侯子張辟彊爲侍中，年十五，謂丞相曰：『太后獨有孝惠，今崩，哭不悲，君知其解乎？』丞相曰：『何解？』辟彊曰：『帝毋壯子，太后畏君等，君今請拜呂台，呂產、呂祿爲將，將兵居南北軍，及諸呂皆入宮，居中用事，如此則太后心安，君等幸得脫禍矣。』丞相迺如辟彊計，太后說，其哭迺哀。」

呂后在兒子死時，只是乾哭而無淚，經過張辟彊的分析，和丞相（應是陳平、周勃）們的附和，她才哭出眼淚來。這一段描寫，把呂后的陰狠個性，刻畫得極爲生動。順便值得一提的，是張良的兒子張辟彊，年方十五，却也能細心地看出呂后「哭不悲」，又能敏感地推測呂后的心理，眞不輸給他的父親。只是，把諸呂引入漢室，幾釀成大禍，他也該負很大的責任。想當年，張良也曾幫呂后出計保住太子的地位，（註九）看來，張良父子都是善於出奇謀的策士。

在寫〈李將軍列傳〉時，司馬遷對李廣、程不識兩人的帶兵方式，有很簡要而生動的比較：

> 「廣行無部伍行陣，就善水草屯，舍止，人人自便，不擊刁斗以自衞，莫府省約文書籍事，然亦遠斥候，未嘗遇害；程不識正部曲行伍營陣，擊刁斗，士吏治軍簿至明，軍不得休息，然亦未嘗遇害。」

從他們兩人帶兵的方式，可以看出他們個性上的差異，李廣待人隨和，不拘形式，遇事有自信而不慌亂；程不識則行事嚴謹，拘於文法，是不太可能出紕漏的人。

在〈衞將軍驃騎列傳〉中有一段：

> 「其從軍，天子爲遣太官齎數十乘，既還，重車餘弃粱肉，而士有飢者。其在塞外，卒乏糧，或不能自振，而驃騎尙穿域蹋鞠。」（註一〇）

這一段寫霍去病的行爲，他對待士卒的冷漠態度，和李廣截然相反，不過他却節節高升，和李廣的終生不得發達，實爲強烈的對比。

鴻門宴正進行中，樊噲得知情勢危急，擁盾衝入軍門，「披帷西嚮立，瞋目視項王，頭髮上指，目眥盡裂。」髮指目裂，都是誇張式的寫法，旨在強調樊噲憤怒的心情。待項王賜他酒，他「拜謝，起，立而飮之。」賜他豬腿，他「覆其盾於地，加彘肩上，拔劍切而啗之。」（註一一）那一副大碗喝酒，大口吃肉的豪放動作，把一位壯士的本色表現得淋漓盡致。

彭城一戰，漢軍大敗，路上漢王巧遇兒子孝惠及女兒魯元，乃載著他們一同逃命。這時「楚騎追漢王，漢王急，推墮孝惠、魯元車下，滕公常下收載之，如是者三。」司馬遷不直寫漢王的冷酷、絕情，却假借他在臨危時做出來的行爲，以側寫他的爲人。

〈淮陰侯列傳〉開頭處有一段記述：

「淮陰屠中少年有侮信者曰：『若雖長大，好帶刀劍，中情怯耳。』衆辱之曰：『信能死，刺我；不能死，出我袴下！』於是信孰視之，俛出袴下蒲伏。一市人皆笑信，以爲怯。」

司馬遷爲了塑造淮陰侯韓信大勇的形象，在韓信和屠中少年（匹夫小勇之代表）相持不下時，捕捉了韓信的一些小動作。面對屠中少年的挑釁，韓信「孰」視之，表示他並非由於懼怕才屈服在對方的袴下。讀者若運用一些想像力，應當可以領會出當時韓信的眼神，絕非驚恐、懼怕，而是苦笑中帶著冷靜。司馬遷用一個「孰」（通熟，即仔細、良久之意）字，不僅把微細的動作捕捉住了，同時也把韓信的風格表露無遺。再者，「一市人皆笑信，以爲怯。」也借助了一般大衆的欠缺識人慧眼，反襯出韓信的出衆才氣，其中「以爲」二字，更是生動地表現了一市人的無識。本小節，旨在介紹司馬遷借助「捕捉動作」的技巧，來描寫人物，至於類似「孰」、「以爲」等用字、遣詞上的成就，又屬於第五節「活用語言」要探討的範圍。由此可證，文學作品本是一整體，爲了學識理論的探討，將作品分成章節來解析，本來存在著缺憾，這是吾人應該諒解的現象。

三、揣摹口氣

中國有一句老話「言爲心聲」，一個人的談話，往往能直接地表達出他的思想、性格，就是另有企圖而說假話，也在說謊中表現了他的意圖和品格。因此，作家在描寫人物時，往往特別注意對白的功能，務使讀者從人物的談話中，覺察出這些人物內在的思想和感情。

錢鍾書謂：「史家追敍眞人實事，每須遙體人情，懸想事勢，設身局中，潛心腔內，忖之度之，以揣以摩，庶幾入情合理。蓋與小說、院本之臆造人物、虛構境地，不盡同而可相通；記言特其一端。」（註一二）唯有瞭解此種相通的道理，才能認知〈史記〉在史學上和文學上都享有盛譽的眞正原因。

作家在作品中所安排的談話，包含個人的立論或自言自語，以及兩人以上的對談。利用談話的內容來表達人物的思想、感情，還算是比較正面的直寫，若進一步利用談話的用字，語調來傳達人物的性格，則能達到更好的效果。

〔史記張丞相列傳〕述及周昌事，有一段文字極有意味：

「昌嘗燕時入奏事，高帝方擁戚姬，昌還走，高帝逐得，騎周昌項，問曰：『我何如主也？』昌仰曰：『陛下即桀紂之主也。』於是上笑之，然尤憚周昌。及帝欲廢太子，而立戚姬子如意爲太子，……而周昌廷爭之彊，上問其說，昌爲人吃，又盛怒，曰：『臣口不能言，然臣期期知其不可，陛下雖欲廢太子，臣期期不奉詔。』上欣然而笑。」

周昌「仰」首回答，而非伏首，可見他在高帝面前並不畏懼。他答說「陛下即桀紂之主也」，證明他不是面諛之臣。當高帝欲廢太子，他廷爭甚彊，是意料中的事，他在盛怒之下回答高帝的話，司馬遷用兩次「期期」，非常生動地傳達了一個剛毅木訥，患有口吃毛病的大臣的典型。

如果再深入分析，前一次周昌入奏，是在高帝「燕飲」之時，氣氛自然比較輕鬆，所以周昌敢於稱高帝爲「桀紂之主」。後一次的回答，是在廷上，而且事關皇室廢嗣大局，周昌急得臉紅脖子粗的模樣，可以想見，口吃的毛病正是在這種情況下變得嚴重的。再說，周昌和高帝是從起事於沛便在一起，兩人的關係極爲親密。高帝親身去追得周昌，又騎在他的脖子上，足見當時高帝並不是以君臣身分來對待周昌。基於高帝對周昌的瞭解，所以，對於他的兩次頂撞之言，都是以「笑」待之。

瞭解了高帝和周昌的關係，再細細品嚐這些談話，則高帝和周昌兩人的個性爲人，都明晰地呈現在讀者的眼前。

司馬遷寫劉邦、項羽，二人見秦始皇帝時，各有不同的用語：

高祖喟然太息曰：「嗟乎，大丈夫當如此也！」（註一三）

籍曰：「彼可取而代也！」（註一四）

從項、劉二人的說話口氣，亦多少可以看出項是志大氣傲，目中無人；劉則仰慕富貴，比較謙和。又如：

「陳涉少時，嘗與人傭耕，輟耕之壟上，悵恨久之，曰：『苟富貴，無相忘。』庸者笑而應曰：『若爲傭耕，何富貴也？』陳涉太息曰：『嗟乎，燕雀安知鴻鵠之志哉？』」（註一五）

司馬遷借陳涉和另一位傭工的談話，襯托出陳涉少懷大志。這種寫法，和淮陰侯韓信對漂母說：「吾有以重報母」而漂母不望報，（註一六）是同一類型的筆法。

〈張儀列傳〉有一段：

張儀已學而游說諸侯。嘗從楚相飲，已楚相亡璧，門下意張儀，曰：『儀貧無行，必此盜相君之璧。』共執張儀，掠笞數百，不服，釋之。其妻曰：『嘻！子毋讀書游說，安得此辱乎？』張儀謂其妻曰：『視吾舌尚在否？』其妻笑曰：『舌在也。』儀曰：『足矣。』」

夫妻二人的對話，極爲逼眞生動，妻子嘲弄的口吻，張儀自信十足的口氣，司馬遷不僅借談話把人物寫活了，甚至還反映了時代精神。因爲戰國時代，諸侯求士之風很盛，游說之士靠的便是一張嘴巴，「舌在已足」，眞是道盡了戰國游說之風的全貌。

再舉一例：

「漢四年，遂皆降，平齊。使人言漢王曰：『齊僞詐多變，反覆之國也，南邊楚，不爲假王以鎭之，其勢不定，願爲假王便。』當是時，楚方急圍漢王於滎陽，韓信使者至，發書，漢王大怒，罵曰：『吾困於此，且暮望若來佐我，乃欲自立爲王！』張良、陳平躡漢王足，因附耳語曰：『漢方不利，寧能禁信之王乎？不如因而立，善遇之，使自爲守，不然，變生。』漢王亦悟，因復罵曰：『大丈夫定諸侯，即爲眞王耳，何以假爲！』」（註一七）

漢王前後兩次的談話，中間大概只隔了幾秒鐘，但是前言充滿了憤恨、惱怒；後話却是極爲豪爽、大方，可見漢王之爲人，眞是練達、圓熟，夠得上能屈能伸的大丈夫美名。

至於當年和陳涉一起傭耕的仁兄，入宮見了陳王殿上的華麗裝飾，突然冒出一句：「夥頤！涉之爲王沉沉者！」粗俗的土語，更顯示出那位傭耕者的本色。

以上所舉諸例，都在表明司馬遷在寫人物時，不時透過談話的內容、用字、語調來表達人物的個性。這種寫法，可以充分地補足正面敍述的呆板，也比描摩一個人的像貌、動作更深入人物的內心。

史家描寫人物的對話，寫得極爲生動。就是寫歷史上的眞人實事，往往也要根據人物性格、當時形勢，體會人物心情，想像他當時會怎樣行動，怎樣說話，寫得栩栩如生，又入情入理，跟小說、戲劇的創作不盡同而可以相通。所謂不盡同，指的是歷史記載的乃眞人實事，而小說戲劇却可以根據生活，加以集中概括來虛構人物和事件。至於相通之處，即歷史雖根據眞人實事來寫，也要運用想像，來揣摹他們的言語、動作，史書可以把人物寫活，就靠這些。（註一八）

四、刻畫心理

一個人的言語、行動固然直接受到他內在的意志、情緒的影響，就是一個人的氣質、像貌也往往在不自覺間，受到內在意志、情緒的左右。所以，一個作家如果想把人物寫活，除了需有細密的觀察能力，以把握人物的外在言行及其像貌表情特徵之外，尚須有敏感的心思，去分析、體會人物內心世界的奥秘。

心理學家容格說：「文學批評家若能向心理學家學習了解人爲何物，人的行爲如何，特別是人的心智的活動等，這些知識自會大有助於他的工作。……研究了這些象徵語言的表達方式，文學批評家

會了解『心之不同有如其面』，同時也可了解古往今來『人心之所同然』。」（註一九）

近代學者有謂中國文學，較缺乏人性的深入探討，因此抒個人之情的短小詩詞固然輝煌，却少稱得上偉大的小說和戲劇。（註二〇）從孟子的性善說，到韓文公的原道思想，乃至理學家的心性論，大抵是站在人倫敎化的立場來談修心養身。先已認定人性本善，然後把重點放在如何修養成爲聖人上面，所以不太注意去探索人性的黑暗面。其實，忽略了人性許多本能性的弱點，勢必形成對人性的片面瞭解。在中國古代的思想家裏，也曾有過不同於上述孟子、韓愈，理學家等人一貫的心性論者，（註二一）只是在傳統的政治敎化環境下，那些思想往往被看作異端、邪說，以致於未能受到普遍重視。

司馬遷在寫（史記）時，對於人性的探索，有極爲超凡的成就，追溯其原因，不得不歸結到他的遊歷和閱讀，由於他的閱讀極廣，（註二二）足跡又幾遍中國，加以親身遭遇刻骨銘心的悲痛，很自然地，他對於人性的瞭解，會遠超過只讀一家經典的人。他有開放的心靈，能夠接受各家思想的長處。（註二三）當我們欣賞司馬遷採用心理的刻畫來描寫人物時，別忘了實在是因爲他對人性有高人一等的認識。如：

「呂不韋取邯鄲諸姬絕好善舞者與居，知有身。子楚從不韋飲，見而說之，因起爲壽，請之。呂不韋怒，念業已破家爲子楚，欲以釣奇，乃遂獻其姬。姬自匿有身，至大期時生子政。子楚遂立姬爲夫人。」（註二四）

呂不韋早已看出子楚是「奇貨可居」，（註二五）而且在他身上已經投資了不少錢財。（註二六）當子楚看上了不韋心愛的美姬，不韋本能的反應是十分忿怒，但轉念一想：「自己既然已經花費了大筆錢財在他身上，看在放長線釣大魚的策略上，這股怒氣，還是暫時按捺下去吧！」司馬遷把呂不韋內心的轉變，三兩句便交代清楚，這是由於他深知人類的心理，表現在文學寫作上，遂有如此的成績。

在〈史記〉之前，〈左傳〉的作者，在寫晉、楚城濮之戰（僖公二十七、二十八年）時，極爲細膩地描繪了晉文公想打又不敢打，最後還是打了的複雜心理，藉此把〈論語憲問篇〉孔子評「晉文公譎而不正」的「空言」，作了逼眞生動的刻畫。司馬遷的寫作技法，當然不全然是自創的，在他之前，既已有了左丘明此等心理刻畫的高手，（註二七）承先啓後的責任，是不容推卸的了。

〈范雎、蔡澤列傳〉中，有一段記述：

「王稽辭魏去，過載范雎入秦，至湖關，望見車騎從西來。范雎曰：『彼來者爲誰？』王稽曰：『秦相穰侯東行縣邑。』范雎曰：『吾聞穰侯專秦權，惡納諸侯客，此恐辱我，我寧且匿車中。』有頃，穰侯果至，勞王稽，因立車而語曰：『關東有何變？』曰：『無有。』又謂王稽曰：『謁君得無與諸侯客子俱來乎？無益，徒亂人國耳。』王稽曰：『不敢。』即別去。范雎曰：『吾聞穰侯智士也，其見事遲，鄉者疑車中有人，忘索之。』於是范雎下車走，曰：『此必悔之！』行十餘里，果使騎還索車中，無客乃已。王稽遂與范雎入咸陽。」

這一段描述范雎和穰侯之間的鬥智，范雎洞察人性善疑的一面，避開了刼難。司馬遷透過王稽爲中間人，利用范雎、穰侯的說話，充分表達了人物的心理活動。同時，如此的鬥智行爲，不只出現於〈范雎、蔡澤列傳〉而已，這是戰國時代的遊士謀臣典型。從這一點看，司馬遷不只是記錄一人一時的史事，他是借史事來傳達更普遍、更廣大、更深刻的歷史意義。

〈史記越王勾踐世家〉，有一段記述陶朱公（即勾踐大臣范蠡）的事跡，可以看作心理描寫的最完整案例，因爲其中互相牽連的脈絡很微妙，不便摘錄，還是把整段抄錄出來，以便說明：

朱公居陶，生少子，少子及壯，而朱公中男殺人，囚於楚。朱公曰：「殺人而死，職也。然吾聞千金之子，不死於市。」告其少子往視之。乃裝黃金千溢，置褐器中，載以一牛車。且遣其少子，朱公長男回請欲行，朱公不聽。長男曰：「家有長子曰家督，今弟有罪，大人不遣，乃遣少弟，是吾不肖。」欲自殺。其母爲言曰：「今遣少子，未必能生中子也，而先空亡長男，奈何？」朱公不得已而遣長子，爲一封書遺故所善莊生，曰：「至則進千金於莊生所，聽其所爲，愼無與爭事。」長男既行，亦自私齎數百金至楚。莊生家負郭，披藜藋到門，居甚貧。然長男發書進千金，如其父言。莊生曰：「疾去矣，愼毋留，即弟出，勿問所以然。」長男既去，不過莊生，而私留，以其私齎獻遺楚國貴人用事者。莊生雖居窮閻，然以廉直聞於國，自楚王以下，皆師尊之。及朱公進金，非有意受也，欲以成事後復歸之，以爲信耳。故金至，謂其婦曰：「此朱公之金，有如病不宿誡，後復歸，勿動。」而朱公長男不知其意，以為殊無短長也。莊生閒時入見楚王，言某星宿某，此則害於楚。楚王素信莊生，曰：「今為奈何？」莊生曰：「獨以德為可以除之。」楚王曰：「生休矣，寡人將行之。」王乃使使者封三錢之府。楚貴人驚告朱公長男曰：「王且赦。」曰：「何以也？」曰：「每王且赦，常封三錢之府，昨暮王使使封之。」朱公長男以為赦，弟固當出也，重千金虛棄莊生，無所為也。乃復見莊生，莊生驚曰：「若不去邪？」長男曰：「固未也，初為事弟，弟今議自赦，故辭生去。」莊生知其意，欲復得其金，曰：「若自入室取金。」長男即自入室取金，持去，獨自歡幸。莊生羞為兒子所賣，乃入見楚王曰：「臣前言某星事，王言欲以修德報之，今臣出道路，皆言陶之富人朱公之子殺人囚楚，其家多持金錢賂王左右，故王非能恤楚國而赦，乃以朱公子故也。」楚王大怒曰：「寡人雖不德耳，奈何以朱公子之故而施惠乎？」令論殺朱公子，明日遂下赦令。朱公長男竟持其弟喪歸至，其母及邑人盡哀之，唯朱公獨笑曰：「吾固知必殺其弟也，彼非不愛其弟，顧有所不能忍者也。是少與我俱見苦，為生難，故重棄財。至如少弟者，生而見我富，乘堅驅良逐狡兔，豈知財所從來？故輕棄之，非所惜吝。前日吾所為欲遣少子，固為其能棄財故也，而長者不能，故卒以殺其弟。事之理也，無足悲者，吾日夜固以望其喪之來也。」

陶朱公曾獻計助越王勾踐復國，又深知勾踐難與共處安樂，毅然變姓名而遊走四方。以他的智慧和經歷，自然瞭解自己的兒子殺了人，理當賠命。但是，就人的心理來說，富貴之人，生活安舒，自然不輕言死，即遇急事，亦能棄財保命，所以他說「千金之子，不死於市。」對於這種道理，他的妻子和長男，並不瞭解。原本朱公是要派少子去營救中男的，如今由於妻子和長男的堅持，他只好「不得已而遣長子」。

長子到了楚國，依父親之命，送上巨款給莊生，可是他看莊生的居處，是那麼貧賤，他不相信莊生眞能在楚王面前把自己的弟弟救出來，所以，他背著莊生，又私下去賄賂一位朝中的貴人。

莊生這個人，以廉直聞於楚國，連楚王都敬重他，這一點爲陶朱公所知，他的長男却不能明白。當長子送錢給莊生時，莊生「非有意受也，欲以成事後復歸之，以爲信耳。」長子不明白莊生的心理，反而「以爲殊無短長也」，認爲莊生既是父親的朋友，受錢時既不推辭，也不說幾句客套話，反而叫我趕快走，不要再過問這件事。長子內心再三思慮，覺得還是不保險，才有另求朝中貴人的念頭。

莊生用星宿之說，勸楚王施德大赦。楚王在下赦令之前，通常都先「封三錢之府」，因此，長子賄賂的貴人把預先知道楚王將大赦的消息，告知了長子。長子心想：「這下我的弟弟不就能得赦了嗎？我送了那麼多錢給莊生，豈不可惜！」所以，他又回去找莊生，莊生看透了長子的心事，叫他自己去把那箱原封未動的金子拿回去。陶朱公這個長子，拿回了錢，心中「獨自歡幸」，他這種吝惜的心理，正是他父親當初不想派他營救中男的原因。

莊生本來就不想貪圖朱公長子的錢，這一下對方的不信任，刺傷了他，他想：「好吧！你既然不信任我，我便讓你知道我的能耐！我能夠讓你的弟弟蒙赦，也能讓他被殺！」他用了些小計，楚王終於先殺了朱公的中男，才行大赦。

長子終於哭喪著臉，把弟弟的屍體運回來，他大概仍不明白何以事情會演變到如此地步？他的母親和鄉人，都爲這件不幸感到悲傷。只有深知人類心理的陶朱公最爲坦然，他說：「我早就知道他會害死他的弟弟，並非他不愛弟弟，只因他從小過的是貧困的日子，對於錢財過份吝惜，不忍割捨。至於我的么兒，他出生後便只看到我家富裕的生活，那裏知道錢從何處來？所以他能捨得花錢。當初，我要派么兒去營救他的哥哥，就是看在他捨得花錢的份上。老大不能把這件事辦好，早在我預料之中，沒有什麼好悲痛的！」

陶朱公的長子，由於成長的環境較艱苦，於是對錢財有一份吝惜的心理，又因這種惜財的心理，使他在營救弟弟的任務上失敗了，這一大段文字，眞可以說是一篇極生動的心理剖析文章。在〈李斯列傳〉裏，李斯因爲貪慕富貴的心理，終於屈服在趙高和秦二世的手中，也是用心理的描寫，來刻畫人物。一種心態，是怎樣形成的？這種心態形成以後，對於一個人的言行會有什麼影響？對於他一生的成敗，有何種決定性的改變？這些問題，牽涉到心理學的範疇，司馬遷雖然並未受過心理學的訓練，但是，他個人的智慧、經歷，促使他對人性有較他人更深入的認識，這一點創作的背景，是許多作家所欠缺的，也正是司馬遷能夠「究天人之際，成一家之言」的主要原因。

五、交代行業

能夠代表一個人的，不外乎姓名、人種、籍貫、年齡、身材、像貌、口氣、言行、性向等等，作家在創作人物時，何以採用各種方式，來描寫人物，主要目的，在於讓作品中的人物，具有人的共性，也有他的獨特個性。上面已經提出了司馬遷採用過的四種寫人方式，最後，尚有一種借職業來襯托人物才識的方法。

一個人所從事的行業，不一定是他自由意願決定的，所以在現實生活中，行業並不一定能代表他的才識。但是，在理論上，總是「什麼樣的人，做什麼樣的工作」，在文學作品裏，為了突出人物的典型，作家在安排人物的行業時，也是頗費心思的！

在某一種行業裏待久了，至少證明他的性情和才幹有適應、勝任那種工作的地方，而且，同一種工作做久了，不論在思想或言行上，都可能不自覺地養成了那種行業特有的習慣，所以，透過一個人的職業，去認識他的才性，仍有相當的合理性。

漢高祖得天下，其功臣名將，出身背景，多所不同，蕭何、曹參都是地方上的小公務員，（註二八）張良是貴族，（註二九）樊噲以屠狗為事，灌嬰是淮陽的布販，（註三〇）周勃常為人吹簫給喪事。（註三一）由此看來，漢高祖所網羅的人才，種類繁多，俗謂「英雄不怕出身低」，在秦漢之際，眞是人才輩出。這也是拜大變動的時代之賜，若在太平時代，殺狗賣布之流，要想拜相封將，怎有可能！

蕭何、曹參治事的謹愼老成，和他們出身小公務員，是相當符合的。至於張良，臨事從容，思謀遠大，眞不愧爲諸侯宗室之後。樊噲在鴻門宴上，大口喝酒，大口吃肉的粗豪作風，很容易讓人聯想到殺狗的行業。

再讓我們看看那位把寵妾讓給子楚，終於拜爲秦相的呂不韋，他原是陽翟地方的大商人，從事一種「販賤賣貴」的行業。（註三二）只有這麼善於算計的巨商，才懂得子楚是個可居的奇貨。利之所在，不惜將已懷身孕的愛妾，讓與他人，（註三三）這才是標準的商賈作風。

漢武帝時，有一位李延年，他的「父母及身、兄弟及女，皆故倡也。」（註三四）一個出身倡優之家的人，不只善於歌舞，且能譜新聲，極受武帝的寵愛，成爲佞幸之臣，是很自然的事理。

一位作家，要把作品中的人物寫活，可用的方式很多，上述五者，只不過是從〈史記〉中抽樣提出，來驗證司馬遷寫人的技法。再者，寫人的技法雖多，却不一定在寫每個人物時都要用盡了上述所有的技法，當然也不是寫一個人時只用一種技法，其間活用之妙，端看作家的才華和風格。文學理論家，可以就作品加以分析研究以歸納出作家的各種技法，可不能本末倒置，強迫作家採用什麼技法。

司馬遷運用了各種寫人的技巧，所塑造出來的人物，有二大成就：其一是在人性的探索上，他揭櫫了人有善惡，人有表裏的眞相；其二是在文學作品的情節安排上，他寫出來的人物，大都能守住個性的一貫性。下面我將依據這兩點，分別舉例加以說明。

此處不是我們爭辯孟子性善和荀子性惡孰是孰非的地方，在現實生活中，至少我們都承認：人不可能十全十美，即使是聖人，也有其不可免的缺失。（註三五）每一個人，在品德上，有得有失，在行為上，時善時惡，實在是人性所不可免。由於人是社會性的動物，社會必有其禮俗，一般人很難超越這種社會禮俗的約束。為了怕被人排斥，所以，在表面上，他必須表現得合乎禮俗，也就是行「善」的一面，至於內在有惡的一面，最好盡可能把它隱藏起來。因此，人在外表的言行表現，並不能代表他的全部，他還有許多他人不易見的內在隱密。

有些人對人性的眞相認識太淺，只看到了人性的表面；有些人雖然知道人性有內在隱密的一面，可是基於倫理教化的立場，盡量揚善而隱惡，中國的思想家，從孟子到宋明的理學家，可以說是屬於後者。其實，站在學術求眞的立場，指出人有表裏、善惡，是解釋人性的眞相，而不是批評人性的好壞。作家有責任要探索人性的眞相，他把人性的黑暗面和光明面一起揭開，讓人類進一步透過反省，來瞭解自己，認識生命，然後才能求得改善。若從這個角度來看司馬遷，我們可以確認他眞是一個深明人性又具有使命感的大作家。

政治人物是社會性最強的人，因此，他的表裏有更大的差距，在公開場合所表現的像貌言行，是經過思慮設計過的，虛假造作的成份居多。但是，他畢竟仍是個人，他也有血肉、情慾。司馬遷深深地察覺了大人物的表裏，他勇敢而巧妙地把那些人物的表裏，展示在讀者的面前。

秦始皇帝，表面上是一個勇狠剛強的帝王，但是，他的內心，却多麼怕死。有人預言「今年祖龍死」，他便「默然良久」，（註三六）他一再地委託方士求仙人不死之藥，這些小節，都足以證明一個威猛的帝王，也有軟弱、害怕的一面。

漢高祖，表面上是一個善於用人馭將的仁者，但是，他對待韓信的態度，卻顯出過河拆橋的不義，誠如韓信被縛以後說的「狡兔死，良狗烹；高鳥盡，良弓藏；敵國破，謀臣亡。」（註三七）他在擊破咸陽城之後，能爲民廢苛法，約三章，但是，當他在逃難危急之時，却狠心把子女推墮車下。這些描述，告知了讀者，漢高祖也是一個有表有裏，有善有惡的人。

漢武帝，在表面上是一個雄才大略的帝王，征伐四夷，國威遠揚，但是，背地裏，他却是一個迷信方士，執迷不悟的昏庸老人。（註三八）

司馬遷品評人物，不採用全盤否定或全盤肯定的態度，褒其長、貶其短，這是比較符合人性的眞實面，至於〈漢書〉的〈古今人表〉，把古今人物分成九等，有些依事功（如亡國之君帝辛、齊康公列於下下品。）有些依品德（如妲己、趙高亦列下下品），而在大禹王之前，幾乎全是仁人（上中）聖人（上上），如此斬截地將人物分等級，自然忽略了人性的複雜層面。既使對於酷吏，司馬遷亦未嘗全盤否定其長處，如「國家賴其便」、「其廉者足以爲儀表，其汚者足以爲戒」、「雖慘酷，斯稱其位矣！」（註三九）他雖愛游俠，然不掩飾其「好博，多少年之戲。」「其陰賊著於心，卒發於睚眦。」（註四〇）在〈貨殖列傳〉裏，他提出「富者人之情性所不學而俱欲」的前進觀點，可是，他也看出「富商大賈或滯財役貧，不佐國家之急，黎民重困。」

可見在司馬遷的筆下，上自帝王，下至酷吏、遊俠、商賈，都是活生生的人，既有善的一面也有惡的一面，在文學作品中（尤其以小說爲然），這樣的人物才是有生命的。

徐復觀說：「史公所傳的人物，都是歷史中具體地人物，而不是思想中抽象的人物。……其性格行爲，都受到現實生活中的限制，具備了人的優點，也其備了人的缺點；善惡的比重，各不相同，但總是善中有惡，也可能惡中有善。」（註四一）我們若細讀司馬遷在每一篇傳記中的序言，便能發現，他對每一種人物，都能持平地看待他的功過，有褒有貶，這是他對人性有客觀的認識，才能表現出來的成就。

每一個人的個性，有其多面性的現象，但是，在多面性的個性之中，又有不同的特色，因此人與人之間，有其共通性，也有人各不同的特異性。文學作品中的人物，需要有前後相符的一貫性，並不是作品中的人物性格不會改變，而是即使改變，也應在情節發展上，交代清楚其間改變的脈絡。人的言行思想，固然有矛盾的現象，但是，作品中人物的矛盾心態，也要前後一貫，這是文學作品在情節安排上不可忽略的要件。司馬遷在寫人時，往往能夠抓住人物性格的最基本特徵，十分突出地表現出來，首尾一貫，異常鮮明。（註四二）萬一遇到可能破壞全篇的一致性的情況，他又巧妙地運用了此詳彼略，互爲補充的手法，避開了這種困境。（註四三）這種手法，既能保全歷史人物和事實的眞象，又符合人性有表裏，有善惡的多元現實，更重要的是，達到了文學作品在結構完整、情節順暢兩方面的要求。

萊辛說：「荷馬在其他方面，把它的英雄們描寫得遠遠超出一般人性之上，但每逢涉及痛苦和屈辱的感情時，每逢要用號喊、哭泣或咒罵來表現這種情感時，荷馬的英雄們，却總是忠實於一般人性的。在行動上，他們是超凡的人；在情感上，他們是眞正的人。」（註四四）司馬遷筆下的秦始皇、項羽、漢高祖、漢武帝、李廣、韓信……不都是行動超凡而不免於人性弱點的人物嗎？

正如各種不同的獸類都在自然界裏依據環境而發展爲特殊的生物一般，人類也在社會環境的影響之下發展了起來。如果有人要寫一部包含三、四千人物的「人心的歷史」的話，每一個社會階層，都應當有一個人物做代表。藝術家必須拿他的創造力，去聯繫每一個人物和故事，使他們能夠構成一篇完全的歷史，其中的每一章，都是一部小說，每一部小說都代表一個時代。（註四五）司馬遷寫帝王將相，寫哲士詩人，寫遊俠商賈，寫酷吏佞幸……他用許多生動的人物，引人的故事，來呈現那個時代，以及那個時代的社會各階層。他的〈史記〉，多麼像大河式的小說。（註四六）近代小說中的人物，大抵可以分成五種：（註四七）

㈠主要人物（主角），他的活動佔有故事的大部分。

㈡主角所追尋的人物。英雄尋美人，忠臣事君王。

㈢幫助主角去達成目標的人（配角）。

㈣與主角對立的人，使主角面臨挫敗者（反派角色）。

㈤一些偶然影響主角的人物。

如果拿〈李將軍列傳〉爲例，則李廣是㈠主角，武帝是主角努力追求討好的對象，即㈡類角色。至於幫助李廣成就事業的人物，在〈李將軍列傳〉中可以說沒有，倒是和李廣對立的人物不少，衞青、李廣利、公孫昆邪（在景帝前毀廣）等都是，還有偶然中影響李廣的人物，有霸陵尉、望氣者王朔等。

如果以〈項羽本紀〉爲例，主角當然是項羽，配角有項梁、范增、彭越、黥布等，對立的角色是劉邦，偶然影響項羽的人物更多，勸阻坑殺外黃的十三歲男孩，騙主角陷入沼澤的田父，欲渡主角過烏江的亭長都是，至於主角追尋的是誰呢？〈項羽本紀〉中沒有明講，應該是秦帝的位置吧？

綜合上述許多學例說明，我們得知司馬遷之所以能夠把人物寫活，除了善於運用各種寫作技巧之外，最重要的原因，應該是他對人性有深刻的瞭解。正因爲他對人性有深刻的瞭解，加上巧妙的表達技巧，〈史記〉中的人物，也就個個都顯得富於人性，這是偉大的作家才能達到的境界。加以各篇傳記中的角色安排，是那樣曲折豐富，推崇他爲一個偉大的小說家，有何不可！

【附註】

註一　見〈世界十大小說家及其代表作〉六頁。

註二　見〈兩漢思想史〉卷三第四一五頁。

註三　見〈張丞相列傳〉。

註四　子羽即澹臺滅明。〈史記仲尼弟子列傳〉孔子曰：「以言取人，失之宰予；以貌取人，失之子羽。」

註五　見〈留侯世家〉。

註六　留侯乃稱曰：「家世相韓，及韓滅，不愛萬金之資，爲韓報讎彊秦，天下振動。今以三寸舌，爲帝督師，封萬戶，位列侯，此乃布衣之極，於良足矣。願棄人閒事，欲從赤松子遊耳。」乃學辟穀道引輕身。（見〈留侯世家〉）

註七　此類例句極多，單看〈項羽本紀〉已不勝枚舉，如「聞沛公已破咸陽，項羽大怒。」曹無傷言沛公欲王關中，「項王大怒曰：『旦日饗士卒，為擊破沛公軍！』」項伯夜馳入沛公軍，張良將危急情勢轉告沛公，「沛公大驚，曰：『為之奈何？』」沛公已借故溜出鴻門酒席，又說：「今者出，未辭也，為之奈何？」項羽攻破滎陽，周苛不肯降服，「項王怒，烹周苛。」「項王大怒，乃自被甲持戟挑戰」，樓煩嚇得不敢復出，「漢王大驚」。

註八　參考〈文學美綜論〉二一七頁。

註九　見〈留侯世家〉，張良建議呂后找來高祖敬重的四位老人東園公、角里先生、綺里季、夏黃公，假裝和太子交游，終於使高祖放棄了改立趙王如意為太子的念頭。

註一〇　蹋鞠，大概是一種踢毬的遊戲。可參考〈衛將軍、驃騎列傳〉此條〈索隱〉及〈正義〉。又〈西京雜記〉卷二有「成帝好蹴鞠」，類此。

註一一　見〈項羽本紀〉。「加彘肩上」，指將豬腿（彘肩）置於盾之上。

註一二　見〈文章例話〉一九〇頁所引。

註一三　見〈高祖本紀〉。

註一四　見〈項羽本紀〉。

註一五　見〈陳涉世家〉。

註一六　見〈淮陰侯列傳〉。母怒曰：「大丈夫不能自食，吾哀王孫而進食，豈望報乎！」

註一七　見〈淮陰侯列傳〉。

註一八　參考〈文章例話〉一九一頁。

註一九　見〈西洋文學批評史〉六六四頁。

註二〇　王國維稱譽〈紅樓夢〉是中國唯一具悲劇精神的偉大作品。夏志清認爲中國的傳統小說，不脫「因果報應」等主題，〈紅樓夢〉較能脫俗，却仍無法和莎士比亞、托爾斯泰、杜斯妥也夫斯基等人的作品相比。前者見王國維〈紅樓夢評論〉，後者見夏志清〈中國現代小說史〉。

註二一　如老、莊反對人爲的仁、義、禮、智；荀子倡言性惡、制天；韓非更是把人間勢與利分析得相當透澈；王充排斥陰陽、迷信之說；佛家對人生的重新闡釋；乃至顏習齋、戴東原等人，都有不同於所謂正統的心性論之思想。

註二二　除了儒家經典以外，朝廷保留的檔案，以及諸家論著，他都曾經引用過。盧南喬〈論司馬遷及其歷史編纂學〉列出八十一種〈史記〉的材料來源。（見〈司馬遷—其人及其書〉一一七頁）

註二三　他的父親司馬談，已經在論六家要旨中，表明了持平地接受各家各有長短的觀點。司馬遷在傳述人物時，包含各家各派的代表，甚至連游俠、貨殖人物，他都肯定其價值。

註二四　見〈呂不韋列傳〉。

註二五　〈呂不韋列傳〉：「子楚，秦諸庶孽孫，質於諸侯。車乘進用不饒，居處困，不得意。呂不韋賈邯鄲，見而憐之，曰：『此奇貨可居』。」

註二六　〈呂不韋列傳〉：「呂不韋乃以五百金與子楚，爲進用，結賓客，而復以五百金買奇物玩好，自奉而西游秦。」

註二七　可參考〈文章例話〉一四七頁。

註二八　〈蕭相國世家〉：「蕭相國何者，沛豐人也，以文無害，爲沛吏掾。」〈曹相國世家〉：「平陽侯曹參者，沛人也，秦時爲沛獄掾，而蕭何爲主吏，居縣爲豪吏矣。」

註二九　〈留侯世家〉：「留侯張良者，其先韓人也。大父開地，相韓昭侯、宣惠王、襄哀王。父平，相釐王、悼惠王。」

註三〇　〈樊酈滕灌列傳〉：「舞陽侯樊噲者，沛人也，以屠狗爲事。」又：「潁陰侯灌嬰者，睢陽販繒者也。」

註三一　〈絳侯周勃世家〉：「絳侯周勃者，沛人也，其先卷人，徙沛。勃以織薄曲爲生，常爲人吹簫給喪事。」

註三二　〈呂不韋列傳〉：「呂不韋者，陽翟大賈人也，往來販賤賣貴，家累千金。」

註三三　〈呂不韋列傳〉：「呂不韋取邯鄲諸姬絕好善舞者與居，知有身。子楚從不韋飲，見而說之，因起爲壽請之。呂不韋怒，念業已破家爲子楚，欲以釣奇，乃遂獻其姬。」

註三四　見〈佞幸列傳〉。

註三五　孔子實爲至聖，尚不免偶有缺失。他常說「不患人之不己知」，在〈論語憲問篇〉却怨歎：「不怨天，不尤人，下學而上達，知我者，其天乎！」又如〈論語述而篇〉，孔子聽了陳司敗的話，也承認道：「丘也幸，苟有過，人必知之。」

註三六　見〈秦始皇本紀〉三十六年事。

註三七　見〈淮陰侯列傳〉。

註三八　參見〈孝武本紀〉，他寵信過的方士有李少君、齊人少翁、欒大、齊人公孫卿等，武帝一再地受騙，却不能自拔。太史公評曰：「於是退而論次自古以來用事於鬼神者，見其表裏，後有君子，得以覽焉。」

註三九　見〈酷吏列傳〉。

註四〇　見〈游俠列傳〉。

註四一　見〈兩漢思想史〉卷三第四二二頁。
註四二　見〈新編中國文學史〉第一冊一五四頁。
註四三　參見〈司馬遷之人格與風格〉二七〇頁。
註四四　參見〈文學理論資料滙編〉上冊二九八頁。
註四五　參見〈巴爾札克傳〉三八四頁。
註四六　意指不僅一部小說，以圍繞一個大主題爲聯繫的一系列作品。
註四七　參見"Twelve Short Novels" P.3

第五節　活用語言

語言是人類最常用的溝通工具之一，只要受過相當的教育，也都能夠使用文字將語言記錄下來。此處「語言」一詞，係指廣義的語言，如詩的語言、繪畫語言、電影語言、行爲語言……等，它只是一種表達的媒體，我在這一節所討論的「語言」，其實包含了文字。

作家採用人們最常用的表達媒體—語言，來從事他的創作，由於媒體本身的普遍性和通俗性，遂使一般人（包含讀者與作者）忽視了這個媒體（語言）本身的重要性和困難性。楊青矗在訪問詩人保羅・安格爾時，這位詩人提到：「文學創作和其他藝術創作大不相同，繪畫有筆和顏料，音樂靠樂器，其他形式的藝術都是要用特殊的工具。在寫作上，每位作家使用語言和文字，這些媒介屬於每一個人，具有廣泛性，不是特殊的工具。但是，用一般人的語言，就有個問題存在，因爲它是最人性的，運用每個人都在說的話來創作，從很平常的話語中精鍊出寫作的媒介，所有的文學創作，都企求語文的強烈表現，其中各種內涵，都要集中並強烈，否則便稱不上是文學。」（註一）

一部出色的文學作品，除了需要具備深刻的主題、嚴謹的結構、生動的人物……之外，還要有優美、精鍊的文字。關於作品的內容和形式孰重，古今中外曾有無數的爭辯。就拿中國來說，韓愈一輩人力倡的「文以載道」說，自然是重視內容，講求實用的論調；沈約主張的聲律說，（註二）則是重視形式的技巧理論。其實，任何偉大的藝術作品，都不能把內容和形式割開，它們是互依互補的，形式有賴內容來決定，內容得形式而展現。

語言是文學形式的構成主體，它的重要性自是不容忽視，孔子謂「巧言令色，鮮矣仁」，（註三）又說「辭，達而已矣」，（註四）後人遂有反對辭藻雕琢的說法，其實，孔子上述兩種說法，前者係就道德行爲而言；後者乃就實用性之言談立論，都不是站在文學藝術的立場來說的。若換一角度來看，孔子說「不學詩，無以言」（註五），還不是鼓勵說話要求更優雅、更得體？甚至承認詩的語言具備諷喻的功能。再說，他所說的「言之無文，行而不遠」（註六），更肯定了文飾之言的價值。

劉若愚在〈做爲境界和語言上探索的詩〉一文中，有一段敍論，很值得引用來說明語言在文學中的重要：

「詩不僅僅是外在世界與內面世界的探索，而且是詩賴以寫成的語言的探索。當詩人在尋索適當的字句，而原來的經驗逐漸變形時，語言的可能性的探索也同時在進行。不論詩人所探究的境界是什麼，他所直接關與的語言，是『語言和意義的難耐的搏鬥』。（註七）如此，詩可以看成雙重的探索，而詩人的工作是雙重的：爲經驗的新境界尋求適當的字句以及爲熟識的舊境界尋求新的字句。」（註八）

克羅齊在其〈美學〉一書中，提到：「語言是一種永恆的創造，語言上曾經表達過的，不會再重複，除非把已產生了的再製一遍。常新的印象，能敦促聲響與意義不斷的變化，那便是說，出現常新的表達。因此，追求一種模範語言，等於追求靜止的運動。」（註九）

司馬遷在敍事、寫人時，注意到了語言的活用，使他的散文筆法，獲取後人「雄深雅健」、「疏蕩遒逸」等讚語。（註一〇）其實，善用語言以敍事，在司馬遷之前，已有良好的典範。關於中國早期史家講求敍事藝術的傳統，杜維運在〈與西方史家論中國史學〉一書中，有頗爲持平客觀的看法，提到孔子時，他說：

「孔子作〈春秋〉，注重書法，似乎是在愼重地選用正確的字以敍事。如〈春秋〉云：『僖公十有六年，春王正月，戊申朔，隕石於宋五。是月，六鷁退飛，過宋都。』便是最簡單最正確的敍事。石自天而降，速度甚快，先聽到隕聲，一看，是石，落於宋地，細數起來，五塊。「隕石於宋五」，是最簡單不過的敍事了，且極合邏輯，每一個字的位置都不能移動，移動了便不能敍明史實實際發生時的情況。「六鷁退飛過宋都」，情況就不同，鷁在高空飛，速度很慢，且不易看清楚是什麼東西在飛，所以最先能看到的是天空有六個東西，細看，是鷁，再細看，是退飛，經過宋都。由此看來，孔子寫春秋，每一個字都盡心思斟酌，不多用一個字，不亂用一個字，由字所組成的句子，極合邏輯，能完全符合史實發生時的情況。在史學求眞的最高原則下，這是史家最基本也是最重要的藝術。（註一一）

提到左丘明，他說：

「左丘明作（左傳），敍事的藝術，進入另一境界，史實比（春秋）敍述得詳盡曲折了，文辭比（春秋）優美委婉了，且其敍事有系統，有別裁，對重大問題，往往溯源竟委，前後照應，使讀者相悅以解。以編年史而能如此敍事，是極高的藝術。」（註一二）

這種費心於遣詞用字，以求敍事藝術化的傳統，到了司馬遷，可以說達到了極高峯。龐雜紛亂的史料，既經選擇，便須加以消化，古語要加以疏通，俚言得予以潤色，猥鄙繁冗之處，必須删削淨化，方能形成一致的語言。司馬遷在語言的活用方面，確曾表現出他驚人的才華，下面就分一、疏通古語，二、引用俗諺，三、講究用字，四、費心造句，五、史漢文字的比較等五方面舉例說明：

一、疏通古語

人類的文明是演進的，語言文字也隨著時地的改易，而逐漸演變。司馬遷對待史料文獻，兼顧到三件要領：一是保存文獻以存其眞、二是删節改寫以求其簡、三是翻譯疏通以求其順暢。如：

〈尚書秦誓〉

公曰：「嗟我士，聽無譁。予誓告汝，群言之首。古人有言曰：民訖自若是多盤，責人斯無難，惟受責俾如流，是惟艱哉！我心之憂，日月逾邁，若弗云來。惟古之謀人則曰未就予忌；惟今之謀人姑將以爲親。雖則云然，尚猷詢茲黃髮，則罔所愆，番番之良士，旅力既愆，我尚有之。……」

司馬遷在〈秦本紀〉中，把這一段改寫成：

於是繆公乃自茅津渡河，封殽中尸，發喪哭之三日，乃誓於軍曰：「嗟！士卒，聽無譁。余誓告汝，古之人謀黃髮番番，則無所過。」以申思不用蹇叔、百里奚之謀，故作此誓，令後世以記余過。

比較上述兩段文字，改寫的迹象很明顯，至於文字的翻譯，像「我士」譯成「士卒」，「則罔所愆」譯成「則無所過」，大抵是從古奧譯成淺易。

又如〈尚書堯典〉：「克明俊德，以親九族，九族既睦，平章百姓，百姓昭明，協和萬邦，黎民於變時雍。乃命羲和，欽若昊天，歷象日月星辰，敬授人時。」（註一三）司馬遷在〈五帝本紀〉中，改寫成：「能明馴德，以親九族，九族既睦，便章百姓，百姓昭明，合和萬國。乃命羲和，敬順昊天，數法日月星辰，敬授民時。」把克字改成能字，人時改成民時，俊德譯成馴德，平章譯爲便章，欽若改爲敬順，歷象改爲數法。這些字、詞的改譯，仍然是秉持著從古奧到淺易的原則。司馬遷在寫人物的對話時，往往保留一兩句方言。（例如漢高祖與陳涉的鄉人所說），至於引用古文史料時，總是把它改作當時的文字。有關這一方面的例證，除了上述二則之外，胡適先生在〈白話文學史〉中，亦有論及，（註一四）可供參攷。

二、引用俗諺

關於諺語，郭紹虞認爲有四項特色：句短、調子齊整、音主協和、辭主靈巧。它是民間流行的語言，依據實際的生活經驗，受當時風俗影響，可以讓一般人照著奉行的話。它曾經過多人的修改，被多數人習用之後，引入文字。（註一五）

但丁說：「每一個時代創造出標誌著本時代特點的字，自古已然，將來也永遠如此。每當歲晚，林中的樹葉發生變化，最老的樹葉落到地上，文字也如此，老一輩的消逝了，新生的字就像青年一樣，會開花、茂盛。所謂俗語就是小孩子在剛一開始分辨語辭時，就從他們周圍的人學到的習用語言。……俗語是較高貴的，因爲這是人類最初使用的，也因爲全世界都使用它，……也因爲它對我們是自然的，而另一種是人爲的。」（註一六）

本文不是語言學的專論，採用「俗諺」一詞時，並未嚴格設定其範圍，大概包含了俗語、諺語、短的歌謠。

俗諺是累積了無數時日的許多人的生活經驗和智慧才形成的，在語文的表達上而言，它和成語典故一樣，有「言簡意賅」、「畫龍點睛」的功效，但是，它的社會性，民間性和親切感，又超過了成語和典故。典故是更精緻的語言，非上流社會人士及飽讀詩書者不可解，因此漢賦這種宮廷中盛行的文體，是很適用典故的，至於司馬遷寫〈史記〉，並非爲了討好君王，取悅文士，他眞正想要表達的是人間的歷史，他眞正想反映的是社會民生的實況。爲了使筆下的人物更生動、敍事的情節更活潑，他大量採用了民間的活語言，這種寫作態度，和司馬相如等人是大異其趣的。

茲將〈史記〉中引用俗諺的實例，提出數則，加以說明：

「諺曰：『千金之子，不死於市。』此非空言也。故曰：『天下熙熙，皆爲利來；天下壤壤，皆爲利往。』夫千乘之王，萬家之侯，百室之君尚猶患貧，而況匹夫編戶之民乎！」（註一七）

人心趨利避害，乃常情，司馬遷引用民間的語言，對這種社會現實，做毫不保留的揭發，一方面具社會寫實的功效，另一方面也有諷刺迂儒「無嚴處奇士之行，而長貧賤，好語仁義，亦足羞也。」（註一八）的用意。

「孝文十二年，民有作歌，歌淮南厲王曰：『一尺布尚可縫，一斗粟尚可舂，兄弟二人，不能相容。』（註一九）」

司馬遷借民間傳唱的歌謠，來暗諷漢朝王室的骨肉相殘。縫、舂、容三字叶韻，讀來極爲順口，一尺布、一斗粟又是民間極平常親切的物品，做爲譬喻，是很生動的。

「孔子曰：『吾歌可夫？』歌曰：『彼婦之口，可以出走；彼婦之謁，可以死敗。蓋優哉游哉，維以卒歲。』（註二〇）」

由於魯國季桓子受齊女樂，三日不聽政，孔子失望地離開了魯國。前言女色足以敗身誤國，後言已不能用仕，何不優游度日？以孔子的心性爲人，我們當然知道，他是不可能眞正優游卒歲的，因此，他唱出來的歌，也就更顯示出一種無奈了。司馬遷寫下這一段孔子的歌詞，表面上看來不像俗諺，但是，就其語調，及其內容，却又有別於一般引用「君子曰」、「孔子曰」、「詩曰」……等嚴肅的言論，所以，還是把它當作俗諺來看待。況且其句式整齊，又有叶韻，亦是俗諺特色。

「潁川兒乃歌之曰：『潁水清，灌氏寧；潁水濁，灌氏族。』（註二一）」

司馬遷在寫完灌夫個性「剛直使酒，不好面諛」，「不喜文學，好任俠，已然諾」之後，引用了潁川地方兒歌，借以暗示灌氏的隱憂。後來，灌夫因爲剛直的個性，果然得罪了權貴武安侯，招來禍患。

「臣聞鄙諺曰：『寧爲雞口，無爲牛後。』今西面交臂而臣事秦，何異於牛後乎？」（註二二）

雞和牛是一般農家必養的牲畜，牛的體積大，能力強，所以較貴重；雞的體積小，實用性小，故較低賤。人總希望出類拔萃，就算是在庸碌群中當頭，也比在才俊群中當尾巴要好些。蘇秦游說韓王，勸他不要臣事彊秦，這一句「寧爲雞口，無爲牛後」，果然激怒了韓王，使他「勃然作色，攘臂瞋目，按劍仰天太息。」（註二三）

曹丘至，即揖季布曰：「楚人諺曰：『得黃金百斤，不如得季布一諾。』（註二四）」

季布是一個「爲氣任俠，有名於楚」的壯士，司馬遷引楚地的諺語，借百金對一諾，來強調季布的俠氣，區區十二字，却比一長串的敍述來得有效。

「諺曰：『百里不販樵，千里不販糴。』居之一歲，種之以穀；十歲，種之以木；百歲，來之以德。德者，人物之謂也。」（註二五）

柴木和米穀，是民生的必須品，大抵各地自足，若須走上百里、千里路途去販賣，則不合買賣的經濟原則，這是民間的經驗。至於十年樹木，百年樹人的道理，却是司馬遷想提示給後人的哲理。司馬遷引這二句諺語，只是做爲楔子，目的在強調「來之以德」的爲政態度。

「諺曰：『力田不如逢年，善仕不如遇合。』固無虛言，非獨女以色媚，而士宦亦有之。」（註二六）

司馬遷固然崇仰像伯夷、孔子那般有操守的君子，他也偏愛像李廣、項羽一類勇直的壯士。但是，現實的官場上，這兩類人都極少，反而是面諛僥倖的佞臣充斥在朝廷中。他看到這種現象，不免興起怨怒的情懷，對理想的人生—努力耕耘，忠直爲國，感到懷疑。他引用這麼令人喪氣的諺語，正是表現他對佞幸人物的鄙視。大概就是因爲他這種不夠「溫柔敦厚」的立論，才引起曾國藩的遺憾。說他「傷悼不遇，怨悱形於簡册，其於聖賢自得之樂，稍違異矣。」（註二七）但是，有一點，我們必須瞭解，司馬遷雖然感嘆「力田不如逢年；善仕不如遇合。」這只是他對現實的透視，並不意謂他就此放棄自己的人生原則。正如屈原明知舉世皆濁，可是個性使他無法同流合汚；孔子明知道之不行，使命感却令他無法避世而與鳥獸同群。司馬遷明知公孫弘、司馬相如等人遇合的手段，自己却無法在李陵案中保持緘默。可見他固然認淸了現實社會中有「力田不如逢年，善仕不如遇合」的實情，却並不向這種現實屈服、妥協。

「諺曰：『桃李不言，下自成蹊。』此言雖小，可以諭大也。」（註二八）

司馬遷引用這兩句話，對於「口不能道辭」的李將軍而言，是相當貼切的比喩。桃李不須多言自誇，慕之者自來，其下遂自成蹊徑。李廣雖然不善言辭，其誠信之爲人，遂令天下人爲其死而盡哀。桃、李都是民間常見的果樹，樹下的小徑，亦是常人所熟悉的景象，引用這種俗諺，親切、生動的感覺，油然而生。

其他如〈項羽本紀〉中宋義說的「夫搏牛之蝱，不可以破蟣蝨。」〈春申君列傳〉太史公引語曰：「當斷不斷，反受其亂。」等等，例子很多，不再條舉。相信我們都可以接受一個結論──司馬遷喜歡而且善用民間的語言，他所達到的成就，是筆下的人物更生動了，對史事及人物的評價，更具畫龍點睛的功效。

三、講究用字

字、詞是語句的基本單位，字詞要用得貼切，語意才能清晰；作家平日蘊積的語彙要豐富，在行文時方能左右逢源，應用自如，如此寫成的文章，才能生動。

李長之在提到司馬遷在語彙運用方面的成就時，曾經說：「凡是文學上的天才，語彙都是豐富的，這不惟見之於他們的用字之多，而且又見之於他們的用字之新。有人曾以這種用字的優長，推許過莎士比亞，現在我們覺得這同樣可以應用於司馬遷。自然，我們還不能從確切的統計上看司馬遷的語彙有多少，但無疑是非常大量的。」（註二九）

他舉〈貨殖列傳〉爲例，司馬遷要表達的是人心的趨利，但是他却用了許多不同的語彙，如「爲重賞使」、「皆爲財用」、「奔富厚」、「亦爲富貴容」、「重失負」、「爲重糈」、「沒於賂遺」等。

讀者只看到作家寫出來的文章，語調抑揚、文氣順暢、語意清晰、條理明白，却不見得明瞭其背後必須有豐富的語彙。作家平日儲存的語彙，就好比百貨公司庫存的貨品，又像餐館所能提供的菜式，數量要多，樣式要多，品質要精，才能滿足顧客的需求。

福樓拜爾在致喬治桑的一封信上說：「我在我的句子裏頭發現一個惡劣的同聲字，或者重複的時候，我就確信自己陷到錯誤裏了。靠著搜尋，我找到正確的表現，唯一的表現，同時也是諧和的表現。人有觀念，絕不會沒有字的。」（註三〇）

〈史記〉在二十五史之中，年代最爲久遠，按理其文字應該較爲古奧難讀，可是，事實却不然，歷來的讀書人，最贊賞的仍是〈史記〉，即使是今天，不是專攻歷史的人，仍然有極多嗜讀〈史記〉者，若以上述的比喻來說，〈史記〉這一家百貨店，年代雖久，店內所能買到的貨品仍然極爲豐富，品質也極具水準，因此，喜歡去光顧的客人，仍然那麼多。

一位偉大的作家，除了擁有豐富的語彙之外，還需要有一種自覺，即肯定講究用字在寫作上的必要，當然，有了這種自覺之後，還需具備活用語彙的才能，方才可以把精確、生動的文章，展現在讀者的眼前。

柯律治在他的〈文學傳記〉第二十二章曾提到：「我所說的一個字的意義，不僅包括相應的對象，也包括這個字所喚起的一切聯想。因語言之形成，不僅爲了表達其對象，也同時表達使用語言的人的個性、情緒與意向。」（註三一）作家的風格，與他驅遣文字的功力和作風，有極密切的關係。

關於司馬遷在講究用字這一層面上，我想提出比較顯著的兩點來作說明：一是動詞之驅遣，二是虛字的活用。

在一個文句裏，若依組成分子（字詞）的詞性來看，有名詞、動詞、形容詞、副詞、連接詞……，但是，使一個句子生動的關鍵，往往是動詞。由於中國語文的特色之一——詞性的轉換極爲靈活，（註三二）自古以來，文章家（尤其是詩人）便已懂得把名詞、形容詞轉換成動詞使用，而得到極巧妙的效果。傳統詩中所謂的詩眼，也以動詞爲多。司馬遷在行文時，對於動詞的運用，是相當講究的，這一點也是他的散文風格受後人推崇的主因。下面舉三段文字爲例：

「梁召籍入，須臾，梁眴籍曰：可行矣！於是籍遂拔劍斬守頭。」（註三三）

項梁和項籍叔侄二人，陰謀刺殺會稽守，「眴」字用得多麼生動！顏師古注眴字「動目而使之也。」（註三四）當讀者明白了「眴」字的語意以後，便能瞭解「可行矣」三個字；並非項梁用嘴講出來的話，而是他用眼神向項籍示意，這種用字技巧所產生的生動效果，眞不亞於電影，舞台上的畫面效果！

「圍漢王三匝」，於是大風從西北而起，折木發屋，揚沙石，窈冥晝晦，逢迎楚軍。楚軍大亂、潰散，而漢王乃得與數十騎遁去。」（註三五）

大風一來，「折」木「發」屋，「揚」起沙石，「逢迎」楚軍。風勢之兇猛，樹木斷的斷、倒的倒，屋頂都被掀掉了，大地上飛沙走石，這種令天爲之昏，地爲之暗的強風，筆直地衝著楚軍而來，把來勢洶洶的楚軍，吹得七零八落，那群狼狽而逃的漢軍，方才逃過被追殺的命運。這樣一幅緊張刺激、驚心動魄的畫面，是靠司馬遷巧妙地驅遣了「折」、「發」、「揚」、「逢迎」等動詞而造成的。

又如：

秦王「發」圖，圖「窮」而匕首見，因左手「把」秦王之袖，而右手「持」匕首「揕」之。未至身，秦王「驚」，自「引」而「起」，袖「絕」。「拔」劍，劍長，「操」其室。時惶急，劍堅，故不可立拔。荊軻「逐」秦王，秦王環柱而「走」。群臣皆「愕」，卒起不意，盡「失」其度。而秦法，群臣「侍」殿上者，不得持尺寸之兵，諸郎中「執」兵皆「陳」殿下，非有詔「召」不得「上」，……是時侍醫夏無且以其所「奉」藥囊「提」荊軻也。秦王方環柱走，卒惶急，不知所爲，左右乃曰：王「負」劍，負劍，遂拔以擊荊軻，「斷」其左股。荊軻「廢」，乃「引」其匕首，以「擿」秦王，不中，中銅柱。秦王復擊軻，軻「被」八創。軻自知事不「就」，「倚」柱而笑。（註三六）

這一段荊軻刺秦王的緊張精采過程，幾乎全靠上面引號標示的許多動詞，鑄造而成。後世學者評司馬遷的文句，如韓愈說「雄深雅健」、柳宗元說「參之太史，以著其潔」、蘇轍說「其文疏蕩，頗有奇氣」、茅坤說「疏蕩遒逸」、章學誠說「史記體本質蒼，而運之以輕靈」…。（註三七）造成奇、雅、潔、蕩、遒、靈等效果的背後功臣，是費心造句及講究用字，而講究用字之中，又以善於驅遣動詞爲最突出。

其次我們來看看司馬遷對虛字的活用，馬建忠的〈文通〉序：「凡字有義理可解者，皆曰實字；凡字無義理可解，而惟用以助辭氣之不足者曰虛字。」（註三八）他在例言中又說：「構文之道，不外虛實兩字；實字其體骨，虛字其神情也。而經傳中實字易訓，虛字難釋。」（註三九）舊日詞章家對文句中的每一個字詞的詞性，不大深入研析，只約略地依其具體與否而分虛實，如以詞性而言，虛字大抵擔任介詞、連詞、助詞、歎詞的功用。

由於中國古人寫文章，沒有標點、分段的習慣，因此，對於語氣的停頓、轉折、感歎、疑問，（註四〇）並無符號可以表示，於是便採用虛字來表達語氣的變化。文評家常說某某人的文章，氣勢如何如何，究其原因，義理固然重要，文句的聲律和虛字的活用，也是不容忽視的因素。有關司馬遷在運用虛字方面的技巧，李長之在〈司馬遷之人格與風格〉中，有頗爲細密的擧例和說明，（註四一）我不再重覆引述，下面另外擧出數則較明顯的實例，以爲印證。

同樣是語末助詞，也字表示肯定，在語氣上顯得舒緩穩定；矣字則常暗含諷刺，在語氣上充滿了抒情的感歎；邪字表示懷疑，在語氣上有抑揚徘徊的味道；哉字在否定中又充滿著感歎。以上四個當語末助詞用的虛字，各司其職，各處其位，不能替代。司馬遷在〈項羽本紀〉的贊語裏，用得最爲貼切：

太史公曰：「吾聞之周生曰：「舜目蓋重瞳子。」又聞項羽亦重瞳子，羽豈其苗裔邪？何興之暴也。夫秦失其政，……政由羽出，號爲霸王，位雖不終，近古以來未嘗有也。及羽背關懷楚，放逐義帝而自立，怨王侯叛己，難矣！自矜功伐，奮其私智而不師古，謂霸王之業，欲以力征經營天下，五年卒亡其國，身死東城，尚不覺寤，而不自責，過矣！乃引天亡我，非用兵之罪也，豈不謬哉？

司馬遷先是懷疑，莫非項羽乃舜的後代？用「邪」字表示徘徊的語氣。隨即用何與之暴「也」，來肯定項羽的成就，下面那句「近古以來未嘗有也」，表示同樣的肯定語氣。隨後，寫到項羽的敗亡，分析他的缺失，前用「難矣」，後用「過矣」，兩句都充滿了抒情的感歎。最後，用一句豈不謬「哉」？令人讀後留下無盡的思緒和歎息。

至於在文句中有轉折作用的介詞或連詞，也是促成文氣抑揚的重要因素。司馬遷往往在一段短短的文句中，使用了多種不同的虛字，有時雖是用同一虛字，因在句中的位置不同，却代表不同的作用。〈李斯列傳〉的贊語，可為例證：

太史公曰：李斯「以」閭閻歷諸侯，入事秦，「因以」瑕釁，「以」輔始皇，「卒」成帝業。斯「為」三公，可謂尊用矣！斯知六藝「之」歸，不務明政「以」補主上「之」缺，持爵祿「之」重，阿順苟合，嚴威酷刑，聽高邪說，廢適立庶。諸侯「已」畔，斯「乃」欲諫爭，「不亦」末乎？人皆「以」斯極忠「而」被五刑死，察其本，「乃」「與」俗議「之」異。「不然」，斯之功，「且」與周、召列矣。

「以」字有憑依的意思，以閭閻歷諸侯，因以瑕釁，都是用此義；「以」字尚有用來……的意思，以輔始皇，以輔主上之缺，兩句即此用法；「以」字又有以為、認為的意思，人皆以斯極忠而被五刑死，便是一例。

「之」字通常可以當代詞用，像〈孔子世家〉贊語中的「然心鄉往之」，也常用做連詞，和白話文中「的」字同意，「爵祿之重」、「六藝之歸」都是這種用法。「之」字另有一種用法，是把原是一個句子，變成不是句子，「大道之行也」、「乃與俗議之異」都是這種用法。

又如〈封禪書〉中，「云」字用得很多，有姑且聽之之意，使通篇有恍忽迷茫的風味。爲了避免談論太多文法上的常識，舉例到此爲止。總之，司馬遷懂得運用虛字，使他的文章，在語氣上有疏蕩之奇氣，這是吾人不可忽略的一點。

四、費心造句

前面已經敘述過司馬遷對於用字遣詞的講究，但是，若要字、詞發揮功能，還得靠造句。如何把字、詞組合成句子？如何在造句時講求變化？以求其生動、新穎，也是一位成功的作家必須努力追求的境界。

關於司馬遷在造句上所花費的心思，我舉出三點來證明，那就是句子長短的安排、駢散的支配和重疊的運用。句子長短不齊，得處是見錯落之美；失處是無整齊之形態，且不易產生反覆詠歎的效果。司馬遷大概對散體文字的缺點，有相當的認知，所以，他在行文時，也有駢散文句互用的現象，爲求達到詠歎的效果，他也常使用重疊的句子。透過這種處理，使他的散文風格，兼具錯落跌宕與反覆詠歎的特色。

司馬遷以長短句間雜錯綜使用，增加了形式上錯落之美，也形成了聲調上鏗鏘頓挫之效果，茲舉二例爲證：

「項籍少時，學書不成，去，學劍，又不成，項梁怒之。籍曰：『書足以記名姓而已，劍一人敵，不足學，學萬人敵。』於是項梁乃教籍兵法，籍大喜，略知其意，又不肯竟學。項梁曾有櫟陽逮，乃請蘄獄掾曹咎書抵櫟陽獄掾司馬欣，以故，事得已。」（註四二）

用新式標點來句讀這一段文字，可以看出有一字一頓者，也有兩字一頓的，甚至有長至十六字一頓的，讀來自有一種錯落，抑揚之美。

「廣令諸騎曰：『前！』前，未到匈奴陳二里所止，令曰：『皆下馬解鞍。』其騎曰：『虜多且近，即有急，奈何？』（註四三）」

短促的句子，更能襯托出當時的緊張氣氛。因爲大夥兒害怕附近的匈奴大軍襲擊，又要裝做若無其事的模樣，朝著匈奴的陣營走去，短短的路程，走來多麼艱辛，「未到匈奴陳二里所止」，則是一句頗能表達戰兢難捱心態的長句。

因爲中國文字有一字一音的特色，所以，在行文時，容易發揮對偶的形式美，這種對稱的美，司馬遷是不會完全忘掉的，於是他採取了一種寓駢於散的方法，例如：

「貴上極，則反賤；賤下極，則反貴。貴出如糞土；賤取如珠玉，財幣欲其行如流水。」（註四四）

「初作難，發於陳涉；虐戾滅秦，自項氏；撥亂誅暴，平定海內，卒踐帝祚，成於漢家。」（註四五）

「從建元以來，用少，縣官往往即多銅山而鑄錢，民亦間盜鑄錢，不可勝數。錢益多而輕，物益少而貴。」（註四六）

「楚漢久相持未決，丁壯苦軍旅，老弱罷轉漕。」（註四七）

「秦不以城予趙，趙亦終不予秦璧。」（註四八）

從以上幾個句例看來，可以發現司馬遷充分吸收了駢偶句法的優點。在可以對偶的地方用駢偶句式，在不宜對偶的地方用奇散句式。對偶處，讀來鏗鏘有力，奇散處，有助於說明事理，奇偶相配，文章就顯得很有力量。李斯〈諫逐客書〉、賈誼〈過秦論〉都是這種筆法的典型實例，更早的〈老子〉、

〈論語〉、〈孟子〉也都不乏此種寓駢於散的現象。（註四九）到了宋代的散文賦，雖然是在駢偶中吸收了散文的優點，形式上似乎和此類「寓駢於散」風格相反，在精神上，卻是不謀而合地充分把握了駢、散的優點，加以巧妙地融合。

通常的文章家總是盡量避免用字重複，或語意重疊，但是，有時爲了加重語氣，或要予人反覆詠歎的效果，卻常借助詞句的重疊。

司馬遷在寫〈西南夷列傳〉時，開首就說：

「西南夷君長以什數，夜郎最大，其西靡莫之屬以什數，滇最大，自滇以北君長以什數，邛都最大。」

短短數十字中，「……以什數，……最大」的句式重複出現三次，在語氣上，形成一種層層逼進的效果。宋玉〈登徒子好色賦〉有類似的句式：「天下之佳人，莫若楚國，楚國之麗者，莫若臣里，臣里之美者，莫若臣東家之子。」佳人、麗者、美者用字不同，語意一樣，是修辭技法中的避免重疊，但是，短短三十個字，卻出現三次「莫若」，則是明顯地要造成增強語氣的效果，絕不是不小心而犯上了詞彙貧乏的毛病。（註五〇）

司馬遷在寫〈項羽本紀〉時，有三處故意採用了語句重疊的手法。第一處出現在鉅鹿之戰：

及楚擊秦，諸侯將皆從壁上觀。楚戰士「無不」以一當十。楚兵呼聲動天，諸侯軍「無不」人人惴恐。於是已破秦軍，項羽召見諸侯將，入轅門，「無不」膝行而前，莫敢仰視。

第二處出現在楚漢在廣武相持不下時：

項王大怒，乃自被甲持戟挑戰，樓煩欲射之，項王瞋目叱之，樓煩目「不敢」視，手「不敢」發。遂走還入壁，「不敢」復出。

前例三句「無不」，把楚軍將士的勇猛無敵，刻畫得栩栩如生。後例三句「不敢」，將項王的威武描繪得痛快淋漓。誰相信這種重疊是作者不小心造成的呢？

第三處出現在〈項羽本紀〉的尾聲，項王已經被追至東城，他自度不得脫，於是對殘餘的部屬宣言：

吾起兵至今八歲矣，身七十餘戰，所當者破，所擊者服，未嘗敗北，遂霸有天下。然今卒困於此，此天亡我，非戰之罪也。今日固決死，願爲諸君快戰，必三勝之，爲諸君潰圍、斬將、刈旗，令諸君知天亡我，非戰之罪也。……項王笑曰：「天之亡我，我何渡爲？……。」

項羽至死仍認爲自己的失敗是上天的旨意，所以再三地埋怨「天亡我，非戰之罪。」司馬遷在最後寫道：「乃引天亡我非用兵之罪也，豈不謬哉！」表面上，司馬遷是在指責項王的至死不悟，其實他的內心，又何嘗不是爲一個壯士的命運感到深深的悲歎呢！請看〈太史公自序〉中的兩段：

太史公執遷手而泣曰：「余先，周室之太史也，自上世嘗顯功名於虞、夏；典天官事。後世中衰，絕於予乎？汝復爲太史，則續吾祖矣。今天子接千歲之統，封太山，而余不得從行，是命也夫，命也夫！」（註五一）

太史公曰：「唯唯，否否，不然。……於是論次其文，七年，而太史公遭李陵之禍，幽於縲紲。乃喟然而歎曰：「是余之罪也夫，是余之罪也夫！」（註五二）

一是父親在臨終前的遺言，一是自己在受辱後的感嘆，司馬遷連用「命也夫」、「是余之罪也失」，中間甚至不插入任何字句，於是，對命運的怨嘆，對無罪受辱的抗議，躍然紙上。這種對命運的怨歎與無奈，和項羽不是遙相呼應嗎？由於語句的重疊，遂產生深切而濃烈的感歎，這又是司馬遷用心於造句的明顯例證。

五、史、漢文字的比較

〈史記〉和〈漢書〉，一向都很受讀書人推崇，歷來將兩書加以比較的也不少，如范曄承認兩家各有所長，但推重班固之意較多；（註五三）劉知幾推重班氏的體例，（註五四）至於論贊文字，劉氏又認爲班氏優於司馬氏；鄭樵則傾向於尊司馬抑班氏。（註五五）

程頤說：「子長著作微情妙旨，寄之文字蹊徑之外；孟堅之文，情旨盡露於文字蹊徑之中。讀子長文，必越浮言者，始得其意，超文字者，乃解其宗。班氏之文章亦稱博雅，但一覽之餘，情辭俱盡，此班、馬之分也。」（註五六）

大抵言之，在政治上，司馬遷尙有戰國諸侯分治的遺風，他懷念先秦士人受諸侯尊重的時代，所以他對漢家逐漸趨於中央集權的政治，有批評、有抗議；班固時已接受漢室一統天下的觀念，加以本身享有外戚身分的優惠，（註五七）所以，對於漢室的統治天下，他只有肯定，而缺少批判。

在思想上，司馬遷肯定各家有其長短優劣，而班氏則傾向於獨尊儒術。由此推衍出來，司馬遷接受了社會各階層的人物，且認爲他們自有價值；班氏則對司馬遷序貨殖、導游俠，頗不以爲然。（註五八）

至於兩家史學觀之異同，不是本文討論的重點，因此，關於〈史記〉與〈漢書〉在體例、結構上的優劣，此處不擬探究。不過，如果就對於當時中國社會結構的認識、對於中國歷史演進大勢之把握、對於當時中國學術思想的發展之瞭解、對於語言的功能之體認、以及對於人性之洞察等諸方面來衡量，恐怕班氏是無法和司馬遷相比。（註五九）本小節，只就語言運用一環，把〈史記〉與〈漢書〉做一比較，以進一步說明司馬遷有比班氏更強烈的創作動機和寫作技巧的要求。

〈漢書〉記述前漢的歷史，從漢初到武帝這一段，是和〈史記〉重疊的，我們拿同一個人或同一件事，來比照〈史記〉與〈漢書〉在文字表達上的差異，最能看出兩家對語言運用的不同風格。徐復觀曾寫過一篇〈史漢比較研究之一例〉，除了對兩家的思想和著書目的作分析比較之外，也對兩家文字作過比照。（註六〇）為了避免重複，我將提出不同的例證，來作比較。由於考慮到先比照，後歸納的方便，我把史、漢兩家對同一人物、同一事件的敘述並列出來：

〈史記太史公自序〉 遭李陵之禍，幽於縲紲，乃喟然而歎曰：「是余之罪也夫，是余之罪也夫！身毀不用矣。」故司馬氏世主天官，至於余乎？欽念哉，欽念哉！	〈漢書司馬遷傳〉 遭李陵之禍，幽於縲紲，乃喟然而歎曰：「是余之辠夫！身虧不用矣。」故司馬氏世主天官，至於余乎？欽念哉！
〈史記項羽本紀〉 楚戰士無不以一當十，楚兵呼聲動天，諸侯軍無不人人惴恐。於是已破秦軍，項羽召見	〈漢書項籍傳〉 楚戰士無不一當十，呼聲動天地，諸侯軍人人惴恐。於是楚已破秦軍，羽見諸侯將，入轅門，

諸侯將，入轅門，無不膝行而前，莫敢仰視。 項王、項伯東嚮坐，亞父南嚮坐，亞父者范增也。沛公北嚮坐，張良西嚮侍。	膝行而前，莫敢仰視。 （〈高帝紀〉、〈項籍傳〉、〈張良傳〉、〈樊噲傳〉皆不記坐次。）
〈史記留侯世家〉 為其老，彊忍，下取履。父曰：「履我！」良業為取履，因長跪履之，父以足受，笑而去。良殊大驚，隨目之。父去里所復還。 上在雒陽南宮，從復道望見諸將往往相與坐沙中語。	〈漢書張良傳〉 為其老，乃彊忍，下取履，因跪進，父以足受之，笑去。良殊大驚，父去里所復還。 上居雒陽南宮，從復道望見諸將往往數人偶語。
〈史記屈原、賈生列傳〉 每詔令議下，諸老先生不能言，賈生盡為之對，人人各如其意所欲出，諸生於是乃以為能不及也。孝文帝說之，超遷，一歲中至太中大夫。	〈漢書賈誼傳〉 每詔令議下，諸老先生未能言，誼盡為之對，人人各如其意所言，諸生於是以為能。文帝說之，超遷，歲中至太中大夫。

史記	漢書
〈史記袁盎鼂錯列傳〉 錯父曰：「劉氏安矣！而鼂氏危矣！吾去公歸矣！」	〈漢書爰盎鼂錯傳〉 父曰：「劉氏安矣！而鼂氏危，吾去公歸矣！」
〈史記司馬相如列傳〉 少時好讀書，學擊劍，故其親名之曰「犬子」。 相如與俱之臨邛，盡賣其車騎，置一酒舍酤酒，而令文君當鑪。	〈漢書司馬相如傳〉 少時好讀書，學擊劍，名犬子。 相如與俱之臨邛，盡賣車騎，買酒舍，乃令文君當盧。

再如鴻門宴一段記事，從樊噲撞入營門起，〈項羽本紀〉費了一三一字，〈漢書〉〈高帝紀〉則刪成十五字，又〈漢書〉在〈樊噲傳〉裏有較詳細的描述，亦僅五十四字而已。至於樊噲何以聞事急，未交代，如何進入營門，亦未說明，光說「立帳下」，神情如何也未描寫。

綜合上述所條列的文句對照，可發現一共通現象，〈漢書〉文字較簡省，其省略者，大抵爲對話、描繪性的文字、以及部分虛字。徐復觀認爲「班氏大概要力存簡要，所以他的文體，較爲質重簡樸而缺少變化。結構的線索，不甚分明，上下文間的關係，有的須讀者加以推想補充，使人感到較〈史記〉的文字爲難懂。對於敍事，未能如〈史記〉的盡其委曲、漸流於空洞化；對人物的活動，未能像〈史記〉的描出其生態，漸流於抽象化。」（註六一）

錢鍾書在〈管錐篇〉中論鴻門宴記事時，說：「古史記言，太半出於想當然，馬善設身處地，代作喉舌而已，即劉知幾恐亦不敢遽謂當時有左右史珥筆備錄，供馬依據。然則班書刪削，或識記言之爲增飾，不妨略馬所詳，謂之謹嚴，亦無傷耳。馬能曲傳口角，而記事破綻，爲董氏所糾，正如小說劇曲有對話，栩栩欲活，而情節布局未始盛水不漏。」（註六二）

〈文心雕龍熔裁篇〉謂：「句有可削，足見其疏；字不得減，乃知其密。……謂繁與略，隨分所好，……思贍者善敷，才覈者善刪。善刪者字去而意留，善敷者辭殊而意顯。」

純就文字的比較，較爲持平、客觀的看法，應該是史、漢各有特色，風格不同。〈漢書〉喜用古字，崇尚藻飾，傾向於俳偶，文辭艱深；〈史記〉的文辭較爲淺俗而生動。〈漢書〉文字有整飭、華藻的一面，已埋下魏晉南北朝駢文的種子，對唐以後駢文的發展，也是有影響的。（註六三）〈史記〉文字淺易靈活，錯落有致，爲唐宋古文八大家所師法，對明清以來的古文，也有很大的影響。（註六四）

根據以上所列述，司馬遷在疏通古語、引用俗諺、講究用字、費心造句各方面，都表現了他的功力，再加上史漢文字的比較，更明顯地印證了他是很明顯地，注意到了文字本身的藝術性，有意識地充分活用了語言。於是，〈史記〉留給讀者印象中的價值，更不僅是善於取材、主題一貫、佈局精采、人物生動而已，就是寫成這部巨構的工具——文字本身，也具備了藝術的生命。

結語

本章專論司馬遷的寫作技巧，其目的在證明〈史記〉受人推崇，是有原因的。向人宣稱〈史記〉是一部偉大的著作，並不難，難在擧出具體、可信的理由。基本上，我認爲藝術品是由藝術家有意識地透過技巧完成的。有些作品，在表面上看來，好像是在無意間完成的，就像在陶瓷製作過程中的窯變。（註六五）其實，細想之下，我們依舊必須承認，就是窯變，也是經過藝術家對土質、釉彩、溫度等因素的認識和控制，再經無數次的嘗試，方才得到的結果。在藝術創作上，每一次創新，都可能包含了作者未嘗經歷過的新奇效果，但是，並非每一種新奇的效果，都符合作者的意願，因此，對於創作過程的進行，以及觀念和技法上的調整，必須仰賴強烈的創作意識來支持。

〈史記〉雖然曾因各種客觀環境的影響，受到過冷落和誤解，但是它始終得到眞正喜愛文學的人之推崇，原因是〈史記〉本身的確寫得好，它是一部傑作。怎樣證明它是一部傑作呢？從內容上來看，它有生動的人物，它有豐富的想像，更重要的是它提出了嚴肅、深遠、普遍的主題；從形式上來看，它具備了嚴謹而精采的佈局，它擁有極活潑的文字。司馬遷用史書的格式，却賦予了文學的功能，史書記錄歷史事件，文學却把那些歷史人物和事件的精神，描述得那般豐富、生動。唐德剛在他從事口述歷史的工作中，體驗到未來的史學，在科技設備（如電腦）和方法的影響下，勢必更需要向文學借火，方能把歷史寫得更生動些。（註六六）這眞是一件耐人尋味的事，兩千年前的司馬遷，向文學借火，寫成了〈史記〉，今日的歷史學者，再一次肯定了司馬遷所採用的方式。

偉大的作品，蘊藏極爲豐富，艾略特在形容莎士比亞的戲劇時，他說：「情節是爲最單純的觀衆而作，性格的衝突是爲較會思考的觀衆而作，用字措辭是爲有文學修養的觀衆而作，……而他那逐步揭露的微言隱義，則是爲較能知情識趣而感覺敏銳的觀衆而作。」（註六七）透過對司馬遷的寫作技巧的分析和討論，我們應該可以看出〈史記〉有頗富戲劇效果的情節安排，還有描繪得逼眞活潑的人物，這方面的成就，必定能夠吸引比較單純的讀者。他在語言文字的運用方面，花費了許多的心思，用字造句那麼講究，當然得到許多有文學修養的讀者之推崇。他筆下的人物，不僅止是行爲像貌生動、語氣靈活，更難得的是在人性的掙扎、性格的衝突方面，司馬遷有極出色的刻畫。像孟軻、荀卿有所不爲的性格，是和當代上下交征利的風氣相衝突的；汲黯、鄭當時、灌夫等人的不善面諛性格，是和充斥於朝廷的佞幸之臣衝突的；李斯因爲貪慕富貴，無法抗拒趙高的利誘圈套，終至屈從，這是他在性格上自我的衝突。在我國文學史上，對人物性格的衝突，有如此深入刻畫的作家，實在不多。對於較喜歡思考的讀者來說，〈史記〉是極具吸引力的鉅構。

至於司馬遷始終秉持著的寫作主題—究天人之際，通古今之變，更是〈史記〉無時無處不在努力表達的微言隱義，他對於時代的批判性觀點，以及對歷史、對人生的闡釋，都是較能知情識趣而感覺敏銳的讀者所最欣賞的。

由上述的說明，我們很容易地可以看出，司馬遷創作的〈史記〉，擁有艾略特所學的諸項優點，難怪它能夠吸引各種不同層次的讀者，我們除了敬佩他具有作家的創作才華之外，不得不承認他確如李長之說的「具有世界之眼」，他是「中國的莎士比亞」。（註六八）當我們從廣義的詩觀來看〈史記〉，雖然它的句子排比，不像詩歌那般整齊，但是，我們不能不承認它具有史詩的精神。

簡要地說，〈史記〉之所以受人賞識，最有力的條件，無疑是作者在寫作技巧上面的出色表現。歷來介紹司馬遷的寫作技巧之篇章也不少，個人採用晚近的史學方法、社會學、心理學、及比較文學等理論基礎，加上自己也喜愛從事文學的創作，前者提供我客觀的學理依據，後者令我和研究的對象有心靈經驗上的主觀契合。在上述的主觀契合與客觀方法配合之下，自信能夠在研究成果上，有別於現有的研究諸著述。至於個人不喜歡採用教科書式的修辭學名詞，因此在標題上顯得很淺俗，似乎也該在此作一聲明。

【附註】

註一　錄自〈自立晚報〉（七十五年六月六日第十版）

註二　參見〈宋書謝靈運傳〉，沈約論謂「夫五色相宣，八音協暢，由乎玄黃律呂，各適物宜。欲使宮羽相變，低昂舛節；若前有浮聲，則後須切響；一簡之內，音韻盡殊；兩句之中，輕重悉異；妙達此旨，始可言文。」

註　三　見〈論語學而〉。

註　四　見〈論語衞靈公〉。

註　五　見〈論語季氏〉。

註　六　見〈左傳〉襄公二十五年。

註　七　劉若愚引自艾略特〈四重奏〉。（見〈中國詩學〉一四六頁）

註　八　見劉若愚〈中國詩學〉一四五頁。

註　九　參見〈西洋文學批評史〉四七四頁。

註一〇　雄深雅健係韓愈語，疏蕩遒逸係茅坤語。

註一一　見〈與西方史家論中國史學〉九一頁。

註一二　同上註。

註一三　顧頡剛在寫給胡適〈論今文尚書著作書〉中，認為堯典是戰國至秦漢間的僞作。（見〈古史辨〉第一冊下篇二〇〇頁）

註一四　見胡適〈白話文學史〉第一編第四章〈漢朝的散文〉。

註一五　參考〈照隅室古典文學論集〉三至十一頁。

註一六　見〈文學理論資料滙編〉上冊三七二頁。

註一七　見〈貨殖列傳〉。

註一八　同上註。

註一九　見〈淮南、衡山王列傳〉。
註二〇　見〈孔子世家〉。
註二一　見〈魏其、武安侯列傳〉。
註二二　見〈蘇秦列傳〉。
註二三　同上註。
註二四　見〈季布、欒布列傳〉。
註二五　見〈貨殖列傳〉。
註二六　見〈佞幸列傳〉。
註二七　見〈聖哲畫像記〉。
註二八　見〈李將軍列傳〉。
註二九　見〈司馬遷之人格與風格〉三三二頁。
註三〇　見〈文學理論資料滙編〉上冊三九二頁。
註三一　參考〈西洋文學批評史〉六八三頁。
註三二　參見〈中國詩學〉七二頁。
註三三　見〈項羽本紀〉。
註三四　見〈漢書〉〈項籍傳〉注。
註三五　見〈項羽本紀〉。

註三六　見〈刺客列傳〉。

註三七　上述所引諸家評〈史記〉，參見〈司馬遷之人格與風格〉三三九頁。

註三八　見〈文通校注〉三頁。

註三九　同上註九頁。

註四〇　傳統古文既不標點亦不分段。

註四一　見該書三三四頁。

註四二　見〈項羽本紀〉。

註四三　見〈李將軍列傳〉。

註四四　見〈貨殖列傳〉。

註四五　見〈秦楚之際月表〉。

註四六　見〈平準書〉。

註四七　見〈項羽本紀〉。

註四八　見〈廉頗、藺相如列傳〉。

註四九　參考〈文章例話〉三四七頁。

註五〇　同上註三六二頁。

註五一　見〈太史公自序〉，錄司馬談語。

註五二　見〈太史公自序〉，此爲司馬遷語。

註五三　參見〈兩漢思想史〉卷三第四六一頁。

註五四　同上註四六二至四六七頁。

註五五　同上註四六七至四六九頁。

註五六　引自梁容若〈司馬遷傳與史記研究〉。（見〈師大學報〉第一期）

註五七　班固的祖父班穉，有一姐妹被漢成帝封為倢伃，班氏一家一直享受外戚的餘蔭，直至更始之亡。

註五八　班彪評司馬遷「其論學術，則崇黃老而薄五經，序貨殖，則輕仁義而羞貧賤；道游俠，則賤守節而貴俗功。此其大敝傷道，所以遇極刑之咎也。」（見〈後漢書班彪列傳〉）。班固節取其父論史公之文，以為〈漢書司馬遷傳〉贊。

註五九　參考〈文學理論資料滙編〉下冊一一三二頁。

註六〇　參見〈兩漢思想史〉卷三第五三五頁。

註六一　同上註五四三頁。

註六二　見〈文學美綜論〉二八〇頁所引。

註六三　見〈新編中國文學史〉第一冊一六一頁。

註六四　參見〈兩漢思想史〉卷三第五四五頁。

註六五　指燒窯時因坯體上所塗之不同油漿，互相滲透變化，在出窯時，呈現出斑駁燦爛的釉面。

註六六　參考唐德剛七十三年九月十四日在台北市國立藝術館的演講，講題〈文學與口述歷史〉。

註六七　見〈文學論〉四〇九頁。

註六八　見〈司馬遷之人格與風格〉一六八頁。

後記

寫完「司馬遷的創作意識與寫作技巧」，感到最缺憾的是：歷來研究司馬遷的思想及其作品的著述雖多，然而，關於他的母親、他的婚姻，我們都一無所知，至於他在寫作時的作息習慣、改稿情形、乃至實際的膽寫狀況，我們也極爲陌生。

有關司馬遷生平的考證，並非本研究的重點，所以僅止是現成地採用了前人的考證，附了一個簡易的年表。個人支持司馬遷出生於漢景帝中元五年（西元前一四五年）之說，除了依據王國維的考證之外，尚有一理由，值得在此補記。郭有遹在〈創造心理學〉中，引用西方心理學者所做的一次調查報告，對全世界已成名之各類作家，統計其達到最高成就時之年齡，詩人大抵在三十歲之前，戲劇作家在三十五歲左右，散文作家在四十二歲左右，四十七位最有名的小說家則是在四十五歲時達到顚峯。（註一）以〈史記〉體制之嚴謹、架構之龐大，及其對人性、歷史、文化之深刻瞭解，我寧可相信其作者執筆時應該在四十歲左右。再說，寫完第四章〈司馬遷的寫作技巧〉，可以感覺出來，看他的技法儼然像是一位劇作家，更像小說家。這樣推論，在漢武帝太初元年（西元前一〇四年），他開始寫

〈史記〉時，正是四十二歲，我想，這也可以算是一有力的佐證吧？

至於〈史記〉版本，及其缺、補情形之考證，也不是本研究著重處，大抵皆採用李長之和徐文珊（註二）的考證成果，應該在此一併說明。再者，個人對於晚近修辭學的功能雖然深信不疑，但是，對於那些顯得繁瑣、重疊的名目，總覺不大平實，因此，在寫〈司馬遷的寫作技巧〉時，不使用這一類的專門術語，但願在內容上不致有所損失。

本研究似乎對司馬遷「只褒而不貶」，這一點，我是要承認的。我明知凡是人便不可能十全十美，凡是人所做成的物件，也不可能毫無瑕疵，但是，一因到目前爲止，我所能指出的缺點有限；（註三）二因指出缺點與本研究題目並不貼切，所以，若要有系統地探討〈史記〉的缺失，只有待日後資料、證據更多時，另立題目爲之了。

最近看到一篇署名施丁所寫的〈論司馬遷的通古今之變〉，文中提到「漢代的儒者，以叔孫通、公孫弘、董仲舒等爲代表，這時大多數儒者已不是孔甲在秦末那時的處境，已不同於孔子的政治態度。他們不是違時而是趨時，不是嫉俗而是隨俗，不是追求理想而是爭逐利祿。……漢儒雖然崇奉孔子，宣揚六藝，似乎是儒家的忠實門徒，其實那都是緣飾以儒術的表面文章而已。方苞讀〈儒林列傳〉體會到『由弘以後，儒之途通而其道亡矣』，這話是符合司馬遷原意的。」（註四）這種看法，可以補足第一章第一節〈學術思想的轉變〉中第一小節〈儒學的變質〉，順便補記在此。

最後，讓我引用兩段話來做結，西方史學家維科說：「能正確認知事物，能理解它而非僅止於知覺它的條件，就是認知者自身必須創造過它。」（註五）俄國文學理論家李杭諾說：「批評家應該既評判內容，也評判形式；他應該既是美學家，又是思想家。……只有那種兼備極爲發達的思想能力，跟同樣極爲發達的美學感覺的人，才有可能做藝術作品的好批評家。」（註六）後一段話，或許可以說明我在寫這篇研究時，爲何參考引用了不少史學、心理學、詮釋學（有助於我的思想能力）方面的資料，也涉及了不少美學理論（有助於我的美感能力）。平日，由於敎學研究的需要，我必須要撰寫學術性的論述文字，但是因爲個性上的偏好，我也經常練習小說、詩歌的創作，有了這種經驗，對於從事文學批評的工作，是有助益的，這正是上述維科那段話的旨意吧！

自知本研究題目太大，而且研究的對象也未免太有名了，因此，粗疏之處，與人雷同之處，勢所難免；自信尙有創新之處，渴盼方家能不吝指正。又，七十四年春，個人曾冒昧地透過書信，向遠在美國的余英時先生請敎，承余先生回覆長信（四月六日），對於本研究有很大的啓示和助益，我特別在此深致謝意。

【附註】

註一　參見〈創造心理學〉二九〇頁。

註二　參見〈史記評介〉第二章第八節〈考證〉，〈司馬遷之人格與風格〉第六章〈史記各篇著作先後之可能的推測〉。

註三　大多偏於史學方法或政治思想方面，後人以「後學轉精」的史學方法來責求草創時代的著述，本不公允，至於司馬遷的政治思想不免夾雜陰陽五行觀點，也是時代的局限，後人因之而批評他，也有「後見之明」的嫌疑。至於他對漢初有些溢美，稱頌無爲有些誇張，對漢武稍有貶損，肯定當代文治武功的意義未免不足，當然是我們應該客觀地予以認定的。可參考〈司馬遷與史記新探〉二一〇頁、〈司馬遷—其人及其書〉七五頁。

註　四　見〈司馬遷與史記新探〉八三頁。

註　五　見〈歷史的理念〉九三頁。

註　六　見〈文學理論資料滙編〉下册一一四三頁。

附一：

司馬遷簡明年譜

漢紀年	西元前	年齡	記事
中元五年	一四五	一	誕生於龍門（今陝西省韓城縣附近）。
後元三年	一四一	五	武帝即位。
建元元年	一四〇	六	父親司馬談被任命爲太史令。
建元二年	一三九	七	張騫出使西域。
建元五年	一三六	一〇	隨父親到長安，開始學古文。武帝採取董仲舒建議，置五經博士。
建元六年	一三五	一一	竇太后死，武帝得以放手建立一個眞正的新朝代，擺脫黃老治術的牽制。
元光二年	一三三	一三	對匈奴改爲主動出擊。
元光六年	一二九	一七	衞青擊退匈奴，獲得首次勝利。
元朔二年	一二七	一九	從孔安國學古文尚書。
元朔三年	一二六	二〇	展開東南大遊歷，包括：江淮、會稽、九疑山、齊魯、彭城等。
元朔五年	一二四	二二	結束遊歷回長安。早則在當年，最遲是五、六年後，被命爲郎中。

元狩四年	一一九	二七	衛青、霍去病出擊匈奴至大漠之北。李廣自殺。
元鼎二年	一一五	三一	桑弘羊爲大農中丞，置均輸。
元鼎四年	一一三	三三	司馬談參預計劃興建后土祠。
元鼎五年	一一二	三四	隨駕至崆峒山。
元鼎六年	一一一	三五	奉使西南夷。武帝議封禪。
元封元年	一一〇	三六	奉使西南的司馬遷於洛陽見到垂危的父親，謹領遺命參加是年舉行的封禪大典。而後從北方沿長城回長安。
元封二年	一〇九	三七	參加瓠大負薪塞河之役。
元封三年	一〇八	三七	繼任爲太史令。
元封四年	一〇七	三九	隨駕至雍。北出蕭關至涿鹿等地。
元封五年	一〇六	四〇	隨駕巡幸南方，祭舜於九疑山，下長江，北至瑯玡。衛青去世。
太初元年	一〇四	四二	主持改曆，招募鄧平等人，完成太初曆。開始執筆寫〈史記〉。
太初三年	一〇二	四四	李廣利戰勝大宛，取善馬而還。
太初四年	一〇一	四五	〈史記〉記事止於此年。
天漢二年	九九	四七	李陵率兵入匈奴境，因無援敗降。
天漢三年	九八	四八	爲李陵仗義執言，因而下獄。

天漢四年	九七	四九	誤傳李陵爲匈奴練兵，李陵滿門抄斬。司馬遷以誣罔罪被處死刑。後經證實爲匈奴練兵者非李陵。下令贖五十萬錢可減死一等，司馬遷自請腐刑。
太始元年	九六	五〇	被任命爲中書令。
征和二年	九一	五五	巫蠱之禍，衛后及戾太子自殺。司馬遷好友任安被處死刑，寫信向遷求救，遷寫〈報任安書〉傾吐其多年之隱。不久〈史記〉完成。
後元二年	八七	五九	武帝崩，遷之卒年約在武帝崩逝前後。

附二：

引用參考書目

書籍部分

人與文化的理論　赫屈著　黃應貴　鄭美能譯　台北　桂冠圖書公司　七〇、四

三輔黃圖　孫星衍　莊陸吉輯　台北　世界書局　五二

文心雕龍　劉　勰著　台北　文光出版社　五六、九

方望溪全集（四部叢刊補編縮本）　方　苞著　台北　商務印書館

中國文學批評史　劉大杰　李慶甲　王運熙合著

中國文學發達史　劉大杰著　台北　中華書局　六三、二

中國文學批評史　郭紹虞著　台北　明倫出版社　五八、十一

中國文學理論　劉若愚著　杜國清譯　台北　聯經出版事業公司　七〇、九

中國文學論集　徐復觀著　台北　學生書局　六九、十

中國上古史綱　張蔭麟著　台北　里仁書局　七一、九

中國古典文學論文集　朱自清著　台北　源流出版社　七一、五

中國思想與制度論集　劉紉尼　張永堂　段昌國合譯　台北　聯經出版事業公司　七〇、十二

中國現代小說史　夏志清著　劉紹銘譯　台北　傳記文學出版社　六八、九

中國詩學　劉若愚著　杜國清譯　台北　幼獅文化事業公司　六八、二

中國學術思想史論叢　錢　穆著　台北　東大圖書公司　六六、七

中國繪畫史　高居翰著　李渝譯　台北　雄獅圖書公司　七四、三

天才之悲劇　賴傳鑑　台北　雄獅圖書公司　七二、七

巴爾札克傳　褚威格著　陳文雄譯　台北　志文出版社　六八、三

文史通義　章學誠著　台北　中華書局　五六、十一

文通校注　馬建忠著　台北　世界書局　五〇、一

文章例話　周振甫著　台北　蒲公英出版社

文選　昭明太子蕭統編　台北　藝文印書館　五六、十

文學知識　楊　牧著　台北　洪範書店　六八、九

文學欣賞的新途徑　李辰冬著　台北　三民書局　六五、五

文學美綜論　柯慶明著　台北　長安出版社　七二、五

文學理論資料滙編　台北　華諾文化事業公司　七四、十

文學與鑑賞　洪順隆編譯　台北　志文出版社　六八、五

文學論 韋勒克 華倫合著 王夢鷗譯 台北 志文出版社 六八、十
文藝心理學 朱光潛著 台北 漢京文化事業公司 七三、三
古史辨 顧頡剛編 台北 明倫出版社 五九、三
古希臘羅馬哲學資料選集 新竹 仰哲出版社
世界十大小說家及其代表作 毛姆著 徐鍾珮譯 台北 純文學出版社 六五、十
史林雜識 顧頡剛著 台北 五一、十
史記的舞台 顏崑陽主編 台北 故鄉出版社 七一
史記地名考 錢 穆著 香港 龍門書店 五七、九
史記評介 徐文珊著 台北 維新書局 六二、九
史記會注考證 瀧川龜太郎 台北 藝文印書館 六一、二
史記論文集 陳新雄 于大成主編 台北 木鐸出版社 六四、十二
司馬遷—史記的世界 武田泰淳著 李君奭譯 彰化 專心企業公司出版社 六七、三
司馬遷—其人及其書 王國維等著 台北 長安出版社 七四、九
司馬遷的人格與風格 李長之著 台北 開明書店 六二、七
司馬遷與史記新探 張維嶽編 台北 崧高 七四、十一
左傳 左丘明撰 台北 藝文印書館

四書集註　朱　熹撰　台北　台灣書店　五〇、十
白話文學史　胡　適著　台北　胡適紀念館　五八、四
史學與傳統　余英時著　台北　時報文化出版公司　七一、一
西洋文學批評史　衞姆塞特　布魯克斯合著　顏元叔譯　台北　志文出版社　六四、五
西京雜記　文淵閣本　台北　商務印書館　七二
杜威—科學與人文的護法　李曰章編譯　台北　允晨文化實業公司　七一、十一
尙書　台北　藝文印書館
兩漢思想史　徐復觀著　台北　學生書局　六八、九
兩漢魏晉南北朝文學批評資料彙編　國立編譯館　台北　中華叢書編委會　六七、九
佛洛伊德—心理分析之父　楊庸一編譯　台北　允晨文化實業公司　七一、十一
苦悶的象徵　厨川白村著　林文瑞譯　台北　志文出版社　七二、五
荀子　荀　卿著　台北　藝文印書館
後漢書　范　曄著　台北　藝文印書館
思想與人物　林毓生著　台北　聯經出版事業公司　七二、八
胡適先生晚年談話錄　胡頌平編　台北　聯經出版事業公司　七三、五
胡適論學近著　胡　適著　上海　商務印書館　二四

紅樓夢評論（收入王國維全集） 王國維著 台北 大通書局 六五、七
馬森獨幕劇集 馬　森著 台北 聯經出版事業公司 六七、二
馬斯洛—人本心理學之父 莊耀嘉編譯 台北 允晨文化實業公司 七一、十一
從中國小說看中國人的思考方式 中野美代子著 劉禾山譯 台北 成文出版社 六七、七
常用虛字用法淺釋 許世瑛著 台北 復興書局 五三、十
短篇小說的批評門徑 卡普倫著 徐進夫譯 台北 成文出版社 六六、八
悲劇心理學 朱光潛著 台北 元山出版社
悲劇的超越 雅斯培著 葉頌姿譯 台北 巨流圖書公司 六三、九
焚書・續焚書 李　贄著 台北 漢京文化事業公司 七三、五
曾文正公全集 曾國藩著 台北 世界書局
創作心理學 郭有遹著 台北 正中書局 六二
創造的勇氣 羅洛梅著 王溢嘉譯 台北 四季出版事業公司 六五、三
照隅室古典文學論集 郭紹虞著 台北 丹青圖書公司 七四、十
與西方史學家論中國史學 杜維運著 台北 東大圖書公司 七〇、八
與國際作家對話 楊青矗 高雄 敦理出版社 七五、五
新校史記三家注 台北 世界書局 六二、十二

新編中國文學史　　高雄　復文書局

管錐篇　錢鍾書著　台北　蘭馨出版社　六七、十二

境界的探求　柯慶明著　台北　聯經出版事業公司　六八、七

漢代學術史略　台北　啓業書局　六一、一

漢書　班　固著　台北　新陸書局　五六、十二

戰國策　高　誘註　台北　藝文印書館

歷史與思想　余英時著　台北　聯經出版事業公司　六五、九

歷史的理念　柯林烏著　陳明福譯　台北　桂冠圖書公司　七一、三

關於羅丹—日記擇抄　熊秉明著　台北　雄獅圖書公司　七四、二

羅丹藝術論　羅丹口述　葛賽爾記錄　台北　雄獅圖書公司　七二、五

A Short History of Literory Criticism　by Vernon Hall JR.　台北　文鶴出版公司　七〇、一

Twelve Short Novels　by Roy J. Sherer　Holt Rinehart and Winston Inc 1976

期刊部分

太史公的寫作藝術　王平陵　大學生活二卷三期　四五、十一

司馬遷的心　阮芝生　文史哲學報廿三期　六三、十

司馬遷的藝術觀　聞從亦　文學雜誌八卷一期　四九、三

司馬遷傳與司馬遷研究　梁容若　師大學報第一期　四五、六
訪保羅安格爾和聶華苓　楊青矗　自立晚報副刊　七五、六、六
評唐文標「中國古代戲劇史初稿」　漁　父　中國時報副刊　七五、五、十五
試論司馬遷所說的「究天人之際」　阮芝生　史學評論第六期　七二、九
詮釋學的三十個論題　Richard E. Palmer　李正治譯　國文天地四期　七四、六
詮釋學導論　李正治譯　國文天地一期　七四、九
論史記五體的體系關聯　阮芝生　台大史學系學報七期
談歐威爾和他的書　陳之藩　出版與讀書　七三、二

學術演講部分

傳釋行為　葉維廉　清華大學　七五、三、十二
文學與口述歷史　唐德剛　耕莘文教院　七三、九